思无邪

邓明莉　著

北京日报出版社

图书在版编目（CIP）数据

思无邪 / 邓明莉著. — 北京：北京日报出版社，2023.5

ISBN 978-7-5477-4468-0

Ⅰ. ①思…　Ⅱ. ①邓…　Ⅲ. ①幻想小说—中国—当代　Ⅳ. ①I247.5

中国国家版本馆CIP数据核字（2023）第007324号

思无邪

出版发行： 北京日报出版社
地　　址： 北京市东城区东单三条 8-16 号东方广场东配楼四层
邮　　编： 100005
电　　话： 发行部：（010）65255876
总编室：（010）65252135
印　　刷： 北京军迪印刷有限责任公司
经　　销： 各地新华书店
版　　次： 2023 年 5 月第 1 版
2023 年 5 月第 1 次印刷
开　　本： 880 毫米 × 1230 毫米　1/32
印　　张： 6.5
字　　数： 110 千字
定　　价： 49.80 元

目　录

世界如此孤独

一条河从村口静悄悄地淌进来。它淌过开满油菜花的田埂，淌过长满野山芋的泥沼地，淌过老水牛休息的清河坝，然后打了个弯，意味深长地淌出了天池村。

阿佳懒洋洋地走在河滩上，她手里拿着根细柳枝，一边走一边挥舞着，对着野地里的蒿草生气。她觉着它们长得太茂盛了，快要把她的路给遮挡住了，心里很不舒服，想用手里的柳枝鞭子把这些蒿草赶得远远的。

太阳已经跌进山坡，暮色开始苍茫。已经到晚饭的时间了，可是阿佳一点儿也不想回去。她走累了，也打累了，寻了块平整的大石头坐下来，扔掉了细柳枝，对着河水开始发呆。

阿佳今年十岁了，读四年级，可是乡下的学校，老师少，课也上得少，他们往往上半天学便放了，因为还有好多同学要走上老半天山路才能到家哩。

阿佳还好，她的家就在村口，离学校不远。爸爸妈妈在外地打工，平常就跟爷爷奶奶过。可是爷爷太古板，奶奶太啰唆，阿佳不喜欢他们。放学后，她喜欢一个人偷偷溜出来，待在野地里，待在河边。她不知道自己为什么喜欢待在河边，也许因为河边是安静的，没有奶奶的吵嚷声。

阿佳看着河水静静地流淌着，一些若隐若现的石块在河流中探着头，水流碰到石块上，激起一朵朵细小的浪花，这些浪花在阳光中展开，变淡，渐渐消逝。好像她无边无际的日子，就在这河流中，就在这浪花里，无声地流淌着，偶尔翻起一朵浪花，转瞬却又消逝了。那样单调，那样长远，没有尽头。这潺潺的河水，似乎统驭着万物，也统驭着阿佳的心，它时而发出咆哮的低吼，时而换上温柔的细语，阿佳便像在摇篮里被催眠了。

世界那么大，大得让人快要迷失，河边的茅草很轻易地就将阿佳包藏起来了，她可以惬意地躺在又软又厚的草丛里，仰望天空的流云，没有人会发现草丛里藏着一个人。那无边无际不停变幻的流云多么奇特啊，好像是一道水帘般的瀑布突然冒出了一个洞，仙人款款地从洞里钻出来，他手里拿着拂尘，像在施法。突然有拖着长长尾巴的飞鸟过来，仙人乘上飞鸟，迤迤然离去了。云彩变成了一个老头，好像靠在石头边上打盹儿，一只大狗悄悄地朝着他靠近，正想要咬他，老头突然醒了，一巴掌拍过去，狗头歪了，老头也不见了。阿佳咧开嘴，傻傻地笑了。

看累了，阿佳便闭上眼睛，听风的声音。这时候，风是严肃的，它扫在草叶上，叶子打在草秆上，啪啪地响，这声音是快速的、有节奏的，好像老师弹风琴时连续的滑音，又有点像缠绵婉转的笛声，它似乎想要热烈地向前冲，却又受到了什么东西的阻碍，变得有些迟疑，有些阻滞。渐渐地，风变小了，叶子轻轻地垂了下来，像小手般柔柔地拂在阿佳的脸上，有一种毛茸茸的感觉。阿佳不想睁开眼睛，她享受着这份轻抚。

草叶散发出一种酽稠慵懒的香气，似乎从天空这个大玻璃杯里倾倒了一大杯米酒洒在这草丛里。地面上，慢慢浮起一层水雾。阿佳有一种恍惚迷醉的感觉。她好像隔着云雾在看淡淡的微光，颤动的草丛，缓滞的清风。空气中散发着水的潮润，天地万物仿佛都是一体的，一股无法形容的温柔感觉浮动在阿佳的心房。

不知什么时候，一只蚂蚁爬上了阿佳的脚踝，那痒痒的感觉让她微微有点酥麻。这小蚂蚁怕是迷路了，阿佳在心里想：要不要帮它走回正道呢。这时，一只虫儿开始低声吟唱起来，它打破了黄昏时分的寂静，“吆吆”的声音里透着孤单和惬意，使得阿佳的心也变得孤单寂寞起来。这虫儿的歌声似乎是专门唱给她听的：她的心儿紧张，虫儿的声音便急促；她的心儿悲凉，虫儿的声音便凄婉；她的心儿平静，虫儿的声音便舒缓。虫儿似乎就在她的身边，她似乎可以感受到它的气息，似乎它的声音进入了她的灵魂，想要抚慰她孤单而寂寞的心灵。

阿佳终于听到了奶奶颤颤悠悠的呼叫声：“阿佳，阿佳……”她知道，自己该回去了。站起身，懒懒地伸了个腰，阿佳的手指碰到了草尖，突然感到指尖传来一阵刺痛。呀，这该死的草叶，怎么这么利呀！阿佳把手指放进嘴里吮吸了一下，淡淡的腥味在口腔里弥漫开来。她四处望了望，河边有一种止血草，阿佳快步走过去，有些懊恼地扯了几片草叶，用力揉搓后将草汁挤在伤口上，血慢慢止住了。阿佳走到河边，蹲在石块上，把手指放进了冰凉的河水中，让流水冲洗干净手指上暗红的血迹。

流水温柔地冲洗着手指，也冲洗着水下的石子，大大小小的河石常年被水流冲刷，变得异常圆润。一块黑色的小石头挤出水面，滚到阿佳面前，阿佳从河水里捞起石子，细细端详，只见这拇指般大小的石头，细腻，圆润，光滑，散发着淡淡的光泽。阿佳用另一只没受伤的手搓了搓，把它放进口袋，摇摇晃晃地回家了。

村口，一丛青青翠竹中，掩映着一套单薄的瓦房，那便是阿佳的家。远远可以看到一个瘦小的身影，那是奶奶端着饭碗站在村口一边吃饭，一边张望，看到阿佳的身影，便忍不住埋怨："祖宗哩，你看看天都黑了，你咋不知道早点回家呢。快点来吃饭，给你做了你喜欢吃的土豆泥。"

阿佳沉默地进了屋子，拿碗添饭，坐到桌上和爷爷一起吃饭。爷爷碗里的饭快吃完了，他看了阿佳一眼，没有说话。他已经习惯了沉默，把碗里剩下的饭粒清理干净后，便下桌回他的房间去了。奶奶进屋来，挨着阿佳坐下，一边帮她夹菜，一边说："阿佳，你是不是不开心，要不让你爸妈把你接到城里去上学吧。”阿佳摇了摇头，默默地吃完饭，帮奶奶收拾好碗筷，回到了自己的小屋。

今天的作业很少，在学校就已经做完了。只需要预习一下明天的课文就行，老师让尽量把课文记熟，最好能背下来。阿佳脱了鞋子爬上床，懒懒地倚靠在床头上，她没有看老师规定的课文，却翻开了一本课外阅读书籍，眼前是一首古诗，名字叫《蒹葭》：“蒹葭苍苍，白露为霜。所谓伊人，在水一方。溯洄从之，道阻且长；溯游从之，宛在水中央……”

书上说了，蒹葭就是芦苇，阿佳又回到下午躺在河边草丛的记忆中了。那时，自己的心绪似乎和诗里讲的有点相似。可是蒹葭的主人在找什么，而自己，则好像什么也没有寻找，但是，好像也在找什么，找什么呢？阿佳自己也说不清楚。她的手下意识地伸进口袋，摸到了那个圆润的小东西。摩挲着光滑而细腻的石纹，一阵奇特的震动从阿佳手心传来。阿佳摊开手掌，小石头发出一团耀眼的光。接着，这团亮光越来越亮，越来越大，渐渐充满了整间屋子，一条开满鲜花的小径出现在阿佳面前，一阵浓郁的花香随之弥漫开来。

人类保护联盟

这样一条开满鲜花的小径，像一块磁石吸引着阿佳。也许小径背后潜藏着巨大的危险，但是不去看看怎么知道是福还是祸呢？强烈的好奇心促使阿佳走上小径，浓郁的花香包裹着这条小路，使得阿佳有些恍惚迷醉的感觉。

阿佳不太清楚自己是在梦中还是现实中，为了验证一下，她小心翼翼地从花枝上轻轻摘下一片叶子，放在手心里，从叶茎上浸出的汁液立刻散发出一种草木香，阿佳用力地吸了吸鼻子，这香味使她想起了和奶奶一起上山采野菌时闻到过的气味，有点似曾相识的感觉。

夏日雨后，山林里野菌长得最欢畅，奶奶曾经带上阿佳去山林里，那里长满野菌和蕨萁。奶奶背上背筐，割下大把大把的蕨萁背回家，将它们盖在地里，帮助遮挡太过热烈的阳光，让土壤中的水分不至于蒸发得过快，刚刚栽下的藠头才能很好地生长，同时也能顺便采些野菌回家。说是采菌子，对于阿佳来说，其实就是去玩，阿佳喜欢山林里那长长大大的蕨萁叶子，叶子一片片整齐地排列着，像孔雀的羽毛，柔软地弯曲着，有好看的弧线，阿佳采下自己觉得最完整、最美的一枝，插在头上，仿佛自己就是山林中的女王，那似乎是阿佳最开心的时刻。

最初，阿佳迟迟不能适应学校的生活。她的反应好像比一般同学要慢一些，那些数字总像是在和她捉迷藏，她要花好半天时间，才能搞清楚这个圈里为什么要填这个数字，而不是那个。而且，有时候越着急，越摸不着头脑，感觉乱麻一片，要慢慢地才能理出一些头绪。这使得阿佳感到了深深的挫败和自卑，以及无比空茫的孤独。阿佳也曾经想寻求老师和同学的帮助，但看到他们似乎有些鄙夷的神色，便讪讪地闭上了嘴。爸爸妈妈没有时间关心她，爷爷奶奶没有能力关心她，老师同学也无从关心她，因此她对周围的一切渐渐有了距离。从老师同学开始，到爷爷奶奶，再到爸爸妈妈，似乎一切人都渐渐远离了她，不，应该说是她主动远离了他们。

尽管后来，阿佳慢慢适应了学校的生活，也能跟上学习进度了。特别对于文字，阿佳竟然有了一种超乎常人的敏感，她感觉自己从书本中捕捉到的信息和容量远远超过老师所讲述的，特别是古诗文，很多同学表示看不懂，但阿佳却一看就明白诗里写的是什么。可是自卑与孤独的种子已经种下，阿佳封闭了内心，不愿和别人交流，只在内心，用或悲或喜的情感去领悟着那些古诗文，独自咀嚼着。

阿佳喜欢看书，她珍惜每一本可以看到的书。每次外出或到亲戚家，她的事情就是找书看。有一次，学校收到一批捐赠书籍，竟建立了一个小型阅览室，里面不乏世界著名的文学作品。阿佳欢喜极了，一有空就往阅览室跑，直到把里面的书看了个遍。阿佳原本有比一般人更强的文字领悟能力，这些内容和深度参差不齐的书又激发和提升了她的领悟力。阿佳因此更多时间沉浸在个人的世界里，对外界越来越疏离。

因此，当阿佳一个人走在这条小径上时，并没有感觉到有什么不妥，反而享受着这份静谧。但是，当最初的兴奋劲儿过去后，阿佳在这条无人的道路上走了一段，一种空茫的感觉突然拽住了她。止住脚步，大大的恐惧与忧伤开始浮上心头：我这是走到了哪里？我还能回去吗？她回过头去，只看见连绵的小路消失在看不见的远方。阿佳有些后悔自己的鲁莽了。继续往前走，还是寻找回去的路，站在路中央，阿佳有些不知所措。

“叮当、叮当、叮当……”远处传来悠扬的铃声，似乎在召唤着阿佳。阿佳定了定神，顺着声音往前走去。

远远地，阿佳看到了一座高大的建筑。朱红色的围墙绵延着伸向远方，明黄色的柱子排列有序。随着阿佳的脚步，建筑的轮廓越来越清晰，甚至可以看得见高高上翘的飞檐上雕刻的各种姿态生动的小兽，或凝神思考，或作势欲飞。飞檐下，金色的铃铛在微风中轻轻晃动着，声音就是从这里传出来的。

整座建筑通体散发着一种庄严而肃穆的奇妙气息。更为神奇的是，这座建筑似乎是半透明的，还闪着莹润的光泽。这是一座庙宇吗？阿佳的内心有些疑惑，一股神秘的力量推着她向前走去。高高的台阶将整个建筑衬托得更为高大，阿佳一步一步踏上台阶，只见古色古香的大门上挂着一道锃亮的铜环，一只小神兽立在铜环上，憨态可掬，神情乖巧。阿佳忍不住伸手去摸它，就在手触到小兽的那一刻，门缓缓开了。

门内的世界比在门外看到的要更高更大得多。门外的世界看起来是中式的，门内却充满现代感和科技感。一间上百平方米的大厅，穹顶上是闪闪发亮的大灯，大灯是模拟天空的还是透明的，阿佳有点分辨不出来，总之光感强烈。大厅周围的墙上镶满了壁画，有达·芬奇的《最后的晚餐》，凡·高的《向日葵》，提香的《圣母升天图》，以及一些中国的古画，王希孟的《千里江山图》，黄公望的《富春山居图》……阿佳一眼望过去，这些瑰丽的画作把整个大厅衬得美轮美奂。阿佳慢慢地走着，细细地看着，忽然听见一幅画背后传来说话的声音。

“糟了糟了，已经亮黄灯了，我们还没有找到办法，怎么办才好呀？”一个声音带着明显的焦急语气。

“不要着急，能量球有反应了。”另一个声音略显平静。

“真的？是哪里的？”

“就在中国西南部的一个小乡村。——等一下，好像能找到灵符的人来了。”

接着，阿佳身边的门打开了，随即走出来一个中年人，个子高高的，脸圆圆的，眼睛闪动着异常兴奋的光芒。

“嗨，阿佳，欢迎你！”

“咦？他怎么认识我？”看着眼前的人，阿佳在心里暗自嘀咕。

“自我介绍一下，我叫高文，这里是人类保护联盟。来，请进来吧。”说着他推开门，走了进去。

阿佳跟着他走了进去。里面看起来像是一间实验室，摆放着六台电脑，每台电脑前都坐着一个人，只有一台电脑前面是空的，应该就是高文用的电脑。这台电脑屏幕上面有一些像指标一样的图案，有的是绿灯在闪，有的是黄灯在闪。紧挨高文电脑旁边桌前坐着的男子，微笑着向阿佳摇了摇手，略带羞涩地自我介绍道：“雅克。”其他电脑前坐着的人都在各自忙碌着，有的在往纸上写数据，有的在键盘上“啪啪”敲击着，还有的对着屏幕凝神思考。

高文向阿佳解释道：“我们都是人类保护联盟的成员。因为人类多年来过度开采，现在地球上的资源已经亮起了黄灯，再加上有些国家为了抢夺资源，频频发动战争，地球现在已经是岌岌可危了。我们正在寻找保护地球的办法。”高文歇了一下，然后说，“我在古文献里面找到了一道叫作‘思无邪’的灵符，它被藏在《诗经》的文字里面，如果我们把灵符取来，可以在地球上种下善的因子，抑制恶的扩散，给人类带来新的希望。但是，这个《诗经》里面封印的‘思无邪’灵符，需要一个特别的人才能取出来。”又顿了一下，高文望着阿佳说，“这个人就是你。”

“为什么会是我？”阿佳感觉很突然。

“我们根据灵符的信息在各地放置了一些能量球，只有你激活了其中一个能量球。”顿了一下，高文说，“来，先给你看一些资料。”

高文伸手在墙上一指，整面墙就变成了一个巨大的投影屏幕，并开始播放起图像来。

画面起初，是一个美丽女子进入梦境，在华丽的庭院内，不知什么原因，突然长满了荆棘，一个身穿华服的少年从另一个庭院移来梓树栽种在庭院里，这些树便立即变化为松柏等佳木，郁郁苍苍，生机勃勃。接着，画面切换到一座宫殿门前，只见一男子盛装站在宫殿门前向天叩拜，接着，一只赤色飞鸟口衔丹书，飞到了他面前，鸟儿将丹书放在他手中，长鸣三声，振翅而去。转眼，画面又切换了，战争，祭祀，宴饮……最后，画面落到了一个叫尹吉甫的男子身上。尹吉甫是西周时期卫国人，他武能安邦，文能作诗，并广泛到民间采集诗歌，编成我国古代第一本诗歌总集《诗经》。“思无邪”灵符就在尹吉甫手中，据说他将灵符的能量注入了《诗经》的文本里面。

影像到此结束了。人类面临灾难，解除灾难需要“思无邪”灵符，灵符在《诗经》里面，需要自己去取，阿佳把这些在心里捋了一遍。无数念头在阿佳的心中闪过。她基本上明白了事情的原委，但还是有点忐忑，她不知道自己有没有能力去做好这件事情，但她的直觉是这事情比较重大，不容得她拒绝。

高文把阿佳带到一台电脑前，点了几下，屏幕上显现出一些古代生活的场景。高文指着画面中的一个老人说：“我们已经通过量子成像仪跟踪到了灵符的信息。你看，《诗经》的文本就在这个叫作尹吉甫的人手里。他是‘中华诗祖’，他自己写了很多《诗经》的诗篇，同时也是《诗经》这部诗集主要的编撰者。”

高文转脸看了看阿佳，确信她已经理解之后又继续往下说：“你只需要到周代去，想办法拿到《诗经》文本，我们就能从里面复制出‘思无邪’这道灵符。阿佳，你明白了吗？”

“可是，我怎么过去呢？”阿佳问道。

高文说：“你不用担心，我们这里有时空传送门，可以把你传送到那个朝代。”

“可是我怎么才能拿到《诗经》文本呢？”

“尹吉甫有一个孙女小钰，小名也叫阿佳，她的年龄、相貌和你差不多。能量球为什么会选中你，我们现在还不清楚，我怀疑你是今天地球上和尹吉甫血缘关系最近的人。你过去以后，我们会把小钰大脑中的记忆植入你的大脑，这样你就可以以他孙女的身份接近他。等你拿到后，再使用量子时空传送门传送给我们，我们复制好灵符后会把文本发送给你，到时候再通过时空传送门把你接回来，一切就 OK 啦。”

“可是如果他不愿意把文本给我呢？”

“尹吉甫建立了一个卿士书院，他在这个书院里面教学生学习《诗经》里面的古诗，小钰也在这个书院学习。我相信在书院你会有机会拿到这本书，另外我们还会制定一系列备用方案帮助你获取《诗经》。”

“那我到那个朝代去了，爷爷奶奶、爸爸妈妈找不到我该怎么办？”对这个问题，阿佳有些苦恼。

高文很快回答道：“不会的，他们不会知道这一切。放心吧，当你回去时，一切还是你离开时的样子。举个例子，这相当于我们在你之前所在的时空点钻了个孔，你从那个孔出来，在时空隧道中穿梭，来到我们这里，再从这里到公元前的西周，任务完成后，我们会再通过之前那个孔将你送回原来的世界。”

“哦，是这样啊，那我想应该可以试一下吧。”阿佳想了想，这样说。

“哦，太好了！亲爱的，你真勇敢，你答应了。”高文高兴地把阿佳抱起来，转了三个圈。

刚才他们说话的时候，那些坐在电脑前的科学家也都不自觉地停下手里的工作，听他们说话。看到阿佳同意去取《诗经》文本，大家纷纷为她鼓起掌来，阿佳不好意思地脸红了。

“其实我很胆小，但是我知道你们做的事情是有意义的，所以我也愿意加入你们。”阿佳有些害羞地说。

训　练

接下来，阿佳将要进行短期强化训练，学习周朝的礼仪和生活习惯，还要模仿尹吉甫的孙女小钰走路的姿态，说话的神态，熟悉她的生活习惯。

为了帮助阿佳更快更好地完成训练任务，高文让大家都来帮助阿佳。量子力学大师雅克负责完善阿佳将要去到西周的传送门，人类历史学家米歇尔负责研究西周的风土人情提供给阿佳，环境保护学家乔治负责收集整理西周时的环境数据，信息学专家罗伯特的任务是收集筛选阿佳需要的信息，语言学专家爱德华负责教阿佳西周时期的语言。

需要记忆的所有信息都通过量子输送仪传到了阿佳的大脑，她不用刻意去记忆太多东西。为了防止发生意外情况，高文还额外传送了很多关于急救的、逃生的、野外生存的、随机应变的一系列的知识和技能，几乎整个百科全书都被灌入了阿佳的大脑中，她需要什么信息，只需在大脑中检索一下，就可以找到答案。

接下来，最重要的就是要学习尹吉甫的孙女小钰的站、立、走等动作和说话的神态，要对照量子成像仪的录像进行模仿。阿佳平时虽然不善言辞，在模仿上却很有天分，并且她有顽强的学习毅力，能吃苦，原定两周的强化训练，她只用了一个多星期就完成得很好了。

当阿佳换上周代的衣服，用现代的易容术化好妆，袅袅婷婷地向大家走来时，那一瞬间，时空仿佛穿越到了西周时期，回过神后，大家纷纷鼓起掌来，阿佳羞涩地笑了。

经过这段时间的接触和一起生活，阿佳对这个人类保护联盟组织已经有了一定的了解。长着络腮胡子的高文是个天才，他十四岁就已经从麻省理工学院毕业，并且拥有两个博士学位。本来他只想做一个与世无争、专心科研的科学家，但是，动荡的时局，残酷的战争使他痛失爱人，他再也无法安心坐在实验室里工作，天生具有组织能力的他在科学论坛里发表了一个帖子，把大家的热血振奋起来。很多科学家表示愿意加入高文发起的这个人类保护联盟，为了人类的明天而工作，而不是为了私利成了大家的一致追求。

最先跟随高文加入人类保护联盟的是量子力学大师雅克。雅克，出生于瑞士日内瓦的一个贫苦家庭，他当过学徒、仆役、私人秘书、乐谱抄写员，颠沛流离，备历艰辛。雅克文理兼修，反对强权，遭法国当局追捕，被高文解救，于是加入人类保护联盟，专心研究量子力学。他对时空传送门的研究居于世界领先水平，在传送位置和传送时间的控制上，可以精确到米和秒。

环境保护学家乔治，他是一位动物学家、博物学家、自然保护主义者和作家。他一直致力于野生动物的保护和研究，在非洲、亚洲、南美洲都开展过动物学研究，为自然保护做出很大贡献，由于触犯了某些人的利益，受到威逼利诱，但他不畏强权，也不图私利，毅然决然加入人类保护联盟，继续为保护地球忘我工作。

人类历史学家米歇尔，她对中国古代思想史、西周年份都有深入研究，擅长做文献学精细分析以及哲学的细密思考。她利用甲骨文、金文、古代天文学等材料，多年探研夏、商、周三代的纪年问题，取得国际瞩目的成果。她的加入为阿佳了解西周历史提供了很多实用的资料。

信息学专家罗伯特，致力于研究信息的表示、获取、处理、传递和利用的规律性。他以信息为研究对象，以计算机等技术为研究工具，以扩展人类的信息功能为目标，在信息的筛选和利用方面，为阿佳提供了很多帮助。

爱德华是语言学家、人类学家、人文主义者，思想大师，在语言学上占有重要地位，对语言在历史中的演变有深刻的研究，给阿佳提供了很多有用的建议。爱德华的小女儿还不到三岁，为了人类保护联盟的工作，她离开家人，来到这里。阿佳为她所做的牺牲表示了莫大的钦佩。为了方便阿佳到周朝与人交流，爱德华特意为阿佳发明了一台语言交换机。它像一块芯片，贴在阿佳的内耳，可以自动把西周人的话实时译成阿佳能听懂的现代汉语，同时，也可以把阿佳的话，实时变成西周时的通用语言，大大减轻了阿佳的学习压力。

高文做了很多功课，模拟了很多阿佳可能会遇到的场景，为了增大保险系数，他还临时给阿佳补上了书法课、舞蹈课、音乐课、诗词课，甚至还给她上了几堂手工艺课。这可把阿佳累得够呛，不过阿佳没有喊累，她像一块海绵，不停地吸取着各种知识，恨不得让身体的每一个细胞都被知识填满。

阿佳原本内向而羞怯，像一只怕受惊的小鹿，时时想把自己藏起来。但在这里，享受着互助友爱的融洽关系，不断地被鼓励，她的心门渐渐打开，性格也慢慢不再像以前那样内向了。

当一切都准备好之后，阿佳就要准备出发了。她的内心还是有些忐忑，怦怦地跳个不停。米歇尔轻抚着阿佳的后背，安慰她，给她鼓励。阿佳抬起头，害羞地笑了。她说："我现在并不怕，只是好像这个小心脏不太听我的使唤，它就是要这么怦怦地跳。我好像暂时拿它没有办法呢。"听到阿佳俏皮的话语，大家都笑了。

一切准备就绪，高文启动了"云燕号"飞船，准备带着阿佳飞往西周。"云燕号"飞船是全智能型的，完全是自动操作，不需要控制室，有两个舱位，每个舱位内都放置着床、必需的生活用品、完善的生活设施和食物。这银光闪闪的飞船，长着两只漂亮的羽翼，前面是一双乌溜溜会转动的大眼睛，流线型的身材娇俏可爱，阿佳看一眼就喜欢上了。

准备登船了。每个人都上来拥抱阿佳，与她依依惜别，给她最美好的祝福，祝福她早日完成任务顺利归来。高文还给阿佳准备了一个特殊的礼物——“凯蒂猫”，这是一个压缩能量的空间存储器，它的形状、体积、重量几乎可以忽略不计，却可以在阿佳需要的时候随意获取里面的物品，而且食物放里面不会变质。知道阿佳喜欢吃巧克力，细心的高文特意往里面放入很多巧克力。一切准备就绪，高文领着阿佳进了飞船，还拎了两个奇怪的袋子。阿佳问高文里面装的是什么。高文做了个保密的手势，说：“到时候你就知道了。”阿佳只好无奈地摇摇头作罢了。

隔着透明的密封舱，阿佳笑着和大家挥手告别。接着，阿佳和高文分别将自己绑在了除重椅上。高文启动了巡航系统，飞船向遥遥天际进发。最初，阿佳有一些失重的感觉，不过她很快就调整好了状态，沉沉地睡了。

“云燕号”飞船并非传统意义上的飞船，确切地说它是一台时间机器，根据量子力学中的卡西米尔效应将时空弯曲，阿佳和高文就可以进入想要到达的时间旅行了。飞船设置了助眠和叫醒装置，一觉睡醒他们就到达了西周。

飞船不能降落在城区，只能降落到山上。这座山叫不周山，他们需要在这里等待，等罗伯特算出最佳传送时机，阿佳才会被传送门送到尹吉甫家换走小钰，而小钰将会被带到宇宙空间站，用特殊的材料保护起来，等阿佳完成任务之后再将她送回去。

不周山

遥远的天边，连绵的山脉起伏不定，其中一座大山如巨人一般直入云端，那就是不周山。

它挺拔的身姿散发着无言的威压，青色的轮廓淡雾环绕。两侧是山的峰锥，向上是宽广平坦的山顶。飞船就降落在这里。阿佳和高文在这里稍作停留，一方面，是要等待罗伯特的数据和信息；另一方面，也是要让阿佳有一个适应古代气候和环境的过程。从遥远的 21 世纪飞到公元前 779 年，将近三千年的跨度，会让人的身体有些不适应，最典型的就是空气。现代世界的空气被严重污染，人们已经习惯了，但是来到古代，空气中氧气含量要比现代高，不同体质的人适应性不同，有的可能会醉氧，这时反而需要吸入一些现代世界的空气，让身体慢慢适应古代环境，不过这个过程一般不会太长，用不了多久身体就可以适应。

当阿佳走出飞船感到头晕目眩，无法站立时，高文的袋子就发挥了作用，那是他从现代世界带来的空气。他快速将气管和阿佳的鼻腔连起来，阿佳的情绪渐渐稳定下来。高文自己也有不良反应，只是比阿佳的反应要小一些。安顿好阿佳后，他给自己也接上了气管，享受起现代世界熟悉的被污染的空气。

两条人影站在山巅，面向东方，那就是高文和阿佳。当晨光洒向山坡，缠绕在林中的雾气渐渐消隐，山坡上的光有着别处从未有过的特质。它闪耀却并不刺眼，毫不费力就能穿透漫长的距离。清晨的光游走于石块、岩缝和岩壁之间，雕刻出它们的轮廓。岩壁一个接一个被染上玫红色，一时间，所有的峭壁都渲染在玫瑰般的红色光晕里，纯净明澈的阳光涌入每一个角落。整个世界都明明白白地袒露在眼前，所有微小的细节阿佳都清晰可见。奇怪，在这里阿佳感觉自己的视力比原来好多了。

她问高文是怎么回事。高文说：“可能是环境的关系吧。我们人类的身体有很强的自愈能力，到了好的环境，身体会自动修复。”适应一会儿后，他们拔掉现代世界空气的气管，重新享受大自然清新的空气。高文一边往前走，一边对阿佳说：“古时候的人比现代人更有灵性，因为他们和自然的关系比现代人更密切一些。来，我们一起在不周山走走。你要多多训练自己的眼力、听力、行动力和感知力，才能更好地去完成任务。”阿佳听了，默默点了点头，跟上了高文的脚步。

阿佳和高文行走在山间，她的身体感到了轻盈灵动，空气异常清新，树木散发出的木质芬芳，树皮的粗糙，石块的光滑，草的柔韧，光线带来的山影的明暗变化，让阿佳心醉神迷。穿行在山林间，阿佳倾听着溪水的声音，那些从石缝里流出的，完全没有经过污染的水，呈现出原始而纯粹的姿态，它的色彩是透明的，也是碧绿的，犹如宝石。潺潺流水声自然而然地飘进阿佳的耳朵，它们被分解成各种各样的音符：流水缓缓拍动的声音，溪水高昂而清脆的颤音，当水流遇到阻碍时发出的咆哮。阿佳惊奇地发现，短短一段溪流里，她能一下子听到十几种不同的音符。

顺着高文的指引，阿佳看到了藏在山间的瀑布，它沿着最大的山内裂缝铺展开，如同一片宽阔的叶子，水道纵横其中，在悬崖边缘汇合，从山间悬崖上倾斜的裸石板和峭壁之间，化作巨大的水帘一路倾泻数十米，线条鲜明，有着最美的身姿，绚丽得无可挑剔。飞溅的水花落入潭底，随着光线的强弱，潭水呈现出不同的绿色，一会儿是碧绿，一会儿是铜绿，泛着金属般的光泽。水是温柔的，有着或明亮或微弱的光芒，有着或急迫或舒缓的韵律，带给阿佳奇妙而丰富的感受，她从中体味到了难以言说的兴奋和快感，这一切，是阿佳在以前从未体会到的，阿佳感觉身体内某个角落似乎正在慢慢苏醒。

大山有如迷宫，阿佳和高文身处其中。几乎每一刻，大山的重峦叠嶂都能为阿佳带来冲击。三千年前的植物品类比今天丰富得多，大片的野蕨覆盖着草地，它们就像大山的眼睑。彩色的野花像星星般铺满高处和洼地，长长的苇草像大山的头发柔顺地顺着山崖挂下来，黄色的棉籽草像温软的阳光，在河流边蓬勃地生长着。沿着动物踏出的小径，他们穿越一片花海，周身都染上了花的芬芳。划过花海的鞋子扬起花粉，拂起一阵花香缭绕的烟尘。介于淡黄与浅褐色之间的花粉落在鞋子上，留下彩色的印记。

走在山径上，阿佳的嗅觉变得特别灵敏。那些来自植物和动物的气味，来自土地的芳香，纷纷钻入阿佳的鼻腔。当松树的幽香一路沁入肺部深处，阿佳感受到，那是生命在源源涌入，它穿过鼻腔内的纤毛，进入身体。长在低处山坡的桦树发出的香醇的味道则像陈酿白酒一样浓郁。桦树枝繁叶茂时，新叶点缀出点点嫩绿，周围老去的叶片则使整棵树像文上了一圈金边，细枝上绢丝般的绒毛反射着阳光，阿佳感觉眼前金芒闪耀。

山上的草丛中隐藏着许多不显眼的东西，那是地衣。地衣软软的，有的是绿色的，有的是灰褐色的，有的发出亮晶晶的透明色泽。高文指引阿佳蹲下，然后拨开沿途微小的根茎，用手指学着慢慢感受这些植物的生命力，感受大自然的生命力。在手指的慢慢摸索中，阿佳似乎与这植物的根茎建立起一种非凡的连接，她似乎听到了根茎的语言，似乎她轻柔地抚摸，让根茎从沉睡中醒来了，末梢的触须轻轻环绕着她的手指，似乎在向她低语。

大山深处藏着许多秘密，他们慢慢地走着。高文知识量特别丰富，简直就是百科全书，阿佳问他任何问题，他都能完美解答。山林中随时会有意料之外的邂逅：树丛中金褐色的蚕茧，小小蓝蝴蝶，绿色的蜻蜓和翡翠色的甲虫，油纸似的飞蛾，阳光下随松针摇曳发光的蚂蚁群，众多胖胖的毛毛虫，带着紫色斑点的绿色肥虫……那么多可爱的生物，那么多精致的花朵，那么多藏在花朵中精于演奏的音乐师，让大自然发出勃勃的生机。

品类繁多的飞鸟存在于林间的树梢上，存在于银质的嗓音里。循着溪流走过一重重山丘，阿佳和高文瞥见一对长尾雀忽地闪现，忽地消失，然后再次出现。几只雏鸟在小溪边的树枝上滚落，小巧的身躯显得不成比例，黑亮的眼珠藏不住好奇。还有，那两只彼此追随的画眉，依偎在树木低处的枝椏上，彼此亲昵地为对方整理羽毛。这些动物显然不知道人为何物，有一只调皮地落到阿佳肩上，轻啄她的衣领。

阿佳和高文正走在路上，身后响起悉悉窣窣的声音，有什么东西嗖的一声掠了过去。阿佳吓了一跳，那东西速度太快，弄得她一阵眩晕。阿佳还没有来得及找回平衡，它再次袭来，呼啸着掠过静止的空气。

“是飞燕！”高文简短地说，“没关系，它不会攻击人类的。”是的，是一只飞燕。它正在峭壁边缘画着令人目眩的曲线，好似一股灵动的水流，在岩石表面上做着急坠和突升的游戏。飞燕在悬崖边缘一次次疯狂而欢快地肆意飞舞，这景象让阿佳在讶异中感受到一丝兴奋。凌空的速度，盘旋的快意，所有一切只是为了抓上几只飞虫。简单的目的却有着繁复的表演，这之间是多么巨大的落差。奇怪的是，仅仅是观看燕的飞翔，竟然给阿佳的身体带来了与之相似的快感和放松。它们的飞行节奏是如此紧张，使阿佳的血液也随之加速，飞翔的魔力带动视线的瞬移，她感觉自己也好像共享了飞翔的过程。它们急速地猛冲，留下奇迹般优雅的曲线。嗖的一声，它们劈开空气，高声尖叫，鸟鸣声在大山间回荡，激发出大山的自由和野性。

空中不知什么时候飞来一只老鹰。它一圈又一圈地盘旋爬升，在空中缓缓画出对称的轨迹，整个过程跨越了广阔的空间。飙升到弧线顶端之后，它开始水平飞行，路线笔直，动作干净，一切像呼吸一样毫不费力。它的翅膀几乎不动，偶尔才懒懒地拍拍双臂。这只大鸟看上去是在轻松飘浮，不过，这飘浮背后藏着直接而坚定不移的力量。这种双翼平稳、强大、坚定的飞翔，带来让人着迷的力量，也激发出阿佳内心隐秘的渴望。在观察中，阿佳发现，自然界的美并非出于偶然，而是一种必要，美的背后是力量。

天光倾泻在穹顶下默然耸立的群山，它们的棱角变得更加清晰，直到其中柔软一些的线条渐渐变得更加虚幻，仿佛只剩下了光芒本身。阿佳和高文走累了，两人躺在地上休息。头顶的巨大积云被一阵狂风撕裂，但在它们身后非常远的地方，天空遥远而纯净，飘浮着苍白精致的条状云，淡淡地，几乎难以察觉。山里的空气给光带来了变化，峭壁时而光泽闪烁，时而发出微光，时而生机全无，所处的位置不同，看到的景色也各有不同。

光的世界，色彩的世界，形象的世界，阴影的世界，一切都是那样鲜活灵动。看着它们，阿佳的大脑也变得明亮而炽热，直到光芒慢慢往回收，她才收敛心神，从大脑的一片空白里回过神。一时间，阿佳甚至忘了自己身处何方，突然在这个时候找回了原始的惊奇感受，沉入生命的体验，感觉自己成了大山的一部分。

山脉犹如流转的湖水，连绵起伏。这时的世界实在太美，阿佳用耳朵倾听鸟儿发出种种声音，无论是歌声，还是它们移动时发出的悉悉窣窣的声音，都别有意趣。远处狂风掀动山林，发出隆隆的闷响，阿佳几乎可以听到空气撞在石头上的声音。人类世界充满噪音，但在不周山，这种赤裸而原始的野蛮状态，这种取自亘古以来宇宙运转所需能量的微小声音切片，并没有摧毁一切，而是令人振奋。对阿佳来说，这里能够听到的最重要的声音便是沉默。尽全力去聆听沉默，这时，阿佳发现，真正的沉默太过罕见。无论何时，总有东西在移动，当空气几乎静止时，还有流水的声响。尽管如此，时不时，还是会有这样的时间，天地间的静默几乎达到了极致，教人听着听着，便消失在时间之外。这样的时刻令阿佳几乎不敢呼吸，她仿佛置身于一个玻璃球里，而整个世界都悬浮在那儿。

阿佳发现，她的知觉更加敏感，树木的纹理、外观，粗糙的球果、树皮，光滑的秸秆、羽毛，水流翻滚时的一记撞击以及被水打磨的鹅卵石都让她感到新奇不已，爬虫带来的瘙痒感，青苔的潮润感，阳光的温暖，还有风的流动，它们都在阿佳脑海里留下了印记。清新的风滑过皮肤，每一寸肌肤都获得了敏锐而愉悦的感受，触摸着阳光，感受着衣服里穿行而过的风贯穿了整个身体，让人神清气爽。每种感官都在接收大自然给予的馈赠，捕获各种不同的细节。气味也是一样，所有令人陶醉的芳香，无论是松木、柏木、杨木，还是清新的野花，都完全无法定义，无法以确切的文字传达，它们的存在只是为嗅觉而生。当浓郁的果香从草地、苔藓、灌木丛里升腾而起，感觉整个灵魂都得到了净化。

所有的感觉里，触觉的反应最明显。阿佳发现，每个器官在自然面前都会做出反应，每一寸敏感的肌肤都被调动起来，无论是处于紧绷的、抗拒的，还是镇静的、放松的状态。比如，当她的手指碰到冷冽的泉水时，肌肉会自然地收缩，当冰冷的空气冲击到口腔内侧，心也随之紧张起来，当风突然吹进一只鼻孔时，只能用一边呼吸，脸颊会被风吹得紧紧贴住牙齿根部，呼吸也随之变得短促起来。每一刻都有许多新的收获，大山的轮廓和色彩，它的水路和岩石，它的花朵和飞鸟，在阿佳看来，一切都是那么有趣。双眼不断被新事物吸引，耳朵和其他感官也是如此，这是一段不断充实的经历。

休息了一会儿，高文和阿佳继续往前走。在一片寂静肃穆的世界里，出现了几只梅花鹿。“嘘！”高文最先发现，他把阿佳拉到自己身边，指给她看。由于距离比较远，看不清发生了什么，呦呦鹿鸣却不绝于耳。鹿在奔跑，线条像飞鸟一样流畅，它们身上长着美丽的花纹，四肢似花朵的梗茎般细长，无比轻盈地跃动着，舞出动人的图案，动作比飞翔更加美妙。

天气晴朗，阳光充足，微风轻拂，阿佳站在那里，时间的意义在那一刻完全改变了。可能只有几分钟，但在当时的阿佳看来，却如同一小时之久，对此情此景的强烈感觉，冲击着阿佳的内心，她所有的感官似乎都锐化到了锋利的刀刃上。阿佳听见了远处溪流发出的最细微的潺潺声，还有树叶发出的沙沙声，所有的声音都仿佛被天空中的喇叭放大了一般，周遭的每一样事物都仿佛离阿佳越来越近。阿佳感觉到，自己似乎神奇地与周围的一切融为一体，与天地间的每一样东西都产生了联系，小草、树木、岩石、昆虫、鸟儿，还有往山上行进的鹿。阿佳感到一股强烈的情绪上涌，那是一种生命的喜悦，一种有机会与万事万物共同存在的快感。那是一种狂喜，而狂喜的背后，还有一些其他东西，很难说清，就仿佛一个瞬间的真空状态，所有珍爱的东西在一刹那全部涌入，是一种阳光与岩石合而为一的感觉，原来环境对人的影响竟如此之大，这是阿佳第一次发现，她对接下来的任务充满了期待。

卿士书院

通过全息影像的探索和大数据的分析，小钰一般每天下午三点会去卿士书院上学，从相府到卿士书院并不远，只有十分钟左右的路程。好在那个时代人们生活还比较朴实，还没有形成出门就要坐车的习惯，小钰一般是走路过去的。这就给高文和阿佳提供了机会。

根据罗伯特提供的数据，高文测算好时间，当小钰从相府走出来，行至途中时，他启动了双向时空传送门。阿佳被传送到小钰所在的位置，小钰则被装进传送门拉回“云燕号”飞船内，然后被高文带回地球。

仅仅是电光石火的一瞬间，阿佳现在是“小钰”了。她站在西周的土地上，足足停顿了十秒没有起步。踏入西周的土地，如同踏入另一个世界，有一丝恍惚的感觉，现代人的喧嚣从心底渐渐模糊远去，阿佳理了理有些纷乱的思绪，告诉自己，现在是西周，自己是小钰，尹吉甫的孙女，然后深深地吸了一口气，按照记忆中小钰走路的姿态向卿士书院走去。

远远地，卿士书院的大门出现在阿佳的视野中。灰墙青瓦，古朴庄严，门上悬着一方虚白匾，黑底白字，写着："卿士书院"。来到书院门口，守在门口的侍卫看到是小钰来了，便向她行了一个礼，小钰也向侍卫还了个礼，然后踏上台阶跨进了书院的门槛。

阿佳把之前看到的卿士书院的情形排演了一遍。卿士书院总体的建构形式是一个四合院，中轴线依次为大门、影壁、前堂、庭院、后室。前堂与后室之间有廊连接，将庭院围成封闭空间，小钰和同学们在前堂接受教育，课间可以在庭院里玩耍。

进门便是影壁，绘有红色花纹和黑色圆点图案，旁边有字"锦绣披堂"。穿过影壁，阿佳走进了前堂。室内宽敞，正面摆放着一张细长的条案，那是供老师使用的，另外三面靠墙每边各摆放着三张矮几，那是学生的课桌。每张课桌供两个学生使用，上面放置着竹简、笔、墨等学习用品。除了讲桌和课桌，教室里还摆放着一长排书架，书架上是一卷一卷的竹简。挨着书架的，是一排博物架，上面摆着青铜器和玉饰品。博物架旁边摆放着琴、瑟、鼓、石磬等乐器。下午的课是三点半开始，进门处的铜壶滴漏显示着离上课的时间还有一会儿，不过已经有学生提前到了，他们有的在竹简上练字，有的在轻轻拨弄着乐器，教室里隐隐浮动着一股木质的清香。

“阿佳，快过来！”招呼她的是孋姬，小钰的同学，也是她最好的闺密和玩伴。阿佳来到骊姬身边坐下，孋姬立即拿出了自己刚刚得到的生日礼物，一对漂亮的玉簪。孋姬给阿佳的头上插了一支，然后示意阿佳把另一支给自己插在头上。接着，孋姬拿出了一个漂亮的铜盒，铜盒四周刻着精美繁复的水藻纹饰，顶上有个旋钮，转动旋钮，盖子可以向两边打开。盒子一掀开，一股好闻的香气便飘了出来，一团洁白如玉的凝脂躺在盒子里，旁边还配有一只小铜勺，是用来挖取凝脂的。孋姬小心地舀了一勺，抹在阿佳脸上，阿佳吓了一跳，慌忙躲闪，却被孋姬紧紧抓住，脱不开身，只得随她作弄。孋姬把阿佳脸上的凝脂慢慢抹匀，忍不住赞道：“哇，又香又白！”然后把盒子往阿佳手里一放，说：“来，给我也涂上。”阿佳不好意思地往左右看了一眼，发现没有人往她们这边看，便悄悄舀了一勺凝脂，在婳姬脸上涂抹均匀。婳姬从怀里掏出一面小铜镜，铜镜里映出了两张少女盈盈的笑脸。

如果要追溯学校的产生，可以上溯到虞舜时代。根据文献记载，《礼记·王制》中写道："有虞氏养国老于上庠，养庶老于下庠。"这里面提到的"庠"，就是指学校。在甲骨文中，就有"大学"这一名称。《屯南》一书揭示了商代的学校教育制度，"大学"是贵族子弟上学的机构。

到了西周，学校教育进一步发展。这种教育制度，学校主要由官府创办，教师由政府官员担任，政教一体，官师不分。分为国学和乡学两种，国学、乡学都属于官立学校，主要是对贵族子弟进行礼乐和军事教育。国学设在国都和诸侯的都城，分别叫辟雍和泮宫。乡学按当时行政区划，在乡、州、党中设立，有校、序、庠、塾几种。

卿士书院是尹吉甫提议，由本族亲族共同修建的，这里既是族人议事的场所，也是举行祭祀活动的地点，平时则用于族中子弟学习。来这里学习的，都是本家的子弟和他们的旁系亲属，有的家庭条件好的就给老师送一些学礼，家庭条件差的也可以不用给学费。任教的老师除了尹吉甫之外，还另有一位告老归乡的大夫，以备尹吉甫外出时管教学生。

西周时期，教育体制分为大学与小学。辟雍和泮宫属于大学，而校、序、庠、塾都属于小学。入学年龄，根据贵族等级尊卑各有不同。学生学习的主要内容是礼、乐、射、御、书、数六艺，基本内容包括德、行、艺、仪四个方面。大学以礼、乐、射、御为主，小学以书、数为主。

卿士学堂的教学体系则是由尹吉甫一手规划的，以学礼乐为主，也有御射方面的课程。尹吉甫尤其重视对学生德行的培养，他看见幽王任用奸佞，排挤忠良，深感痛心，因此对家族子弟的德行教育格外重视。

初 见

朦朦胧胧中，那是在一个水阔岸长，草木丛生，烟水迷蒙处，忽现出一白衣女子身影，那身影竟感觉非常熟悉。尹吉甫大步向前，却见女子袅袅娜娜，总在前面不远处。尹吉甫有些着急，不由加快了步子。渐渐地，眼前景物变幻，花树繁多起来，女子的身影便有些看不清楚了。尹吉甫急得手心冒汗，四处张望，女子忽然从前面花树中转过头来，满含幽怨地看了他一眼。

“仲姬！”尹吉甫大叫，急急往前赶，却见前面的人影越飘越远，越飘越缥缈，渐渐失去了踪影。尹吉甫心里大急，全力往前赶，不小心一脚踏空，身子猛然向后倒去，他赶忙伸手想抓住路边的树枝，却只带落了一片树叶。

“啊！”尹吉甫吓得大叫一声。睁眼一看，哪里有人，刚才竟是在梦中。阳光正从窗格子缝隙挤进来，细细碎碎地落在床前的地上。窗外树影摇动，地上便生出许多明亮而灵动的光斑。屋子里静悄悄的，没有一丝声响。香炉里面的香还在燃着，淡淡的青烟缓缓地升起，再慢慢地散开，似乎在用心跳一段最闲适、最自在的时光之舞。

尹吉甫从床上坐起来，出了一会儿神，下床走到墙边的书架上，抽出了一本精致的锦帛书册，放在手心里摩挲着。过了一会儿，他将书放回书架，来到门前，吩咐仆从备车去卿士书院。

车子轻快地驶向卿士书院。尹吉甫坐在车上，随着车轮的转动，思绪被刚才的梦带着，飘向遥远的过往。

正是鲜衣怒马，青春飞扬的日子，尹吉甫骑着一匹黄白相间的马儿赶往卫国都城，轻捷的马蹄在官道上扬起一道尘烟。随着距离都城越来越近，路上的行人渐渐多了，有和他一样骑马的，也有坐车的，偶有步行的。

尹吉甫拉了一下马头，马的速度渐渐慢下来，前方不远处斜排并行着两辆车，一辆精美的官车和一辆拉货进城的马车。按西周的例制，那官车应该是王公贵族才能乘坐的。尹吉甫的马刚经过拉货的马车，那拉货的马儿不知什么原因，突然向尹吉甫的马撞过来。尹吉甫的马受到惊吓，本能地向前一跃。尹吉甫大惊，赶紧勒马，终于迟了一步，马儿还是撞上了官车，只听得轿内传出一声女子的惊呼，官车紧急停下了，有人大声问："公主，您没事吧？"

尹吉甫的马也在尹吉甫强行拉扯下失去平衡，跪倒在路上，好在尹吉甫紧抓马背上的鞍子，没有被摔下来。尹吉甫赶紧下马来到官车前察看情况。官车中的女子已经下车了，只见她身形姣好，一袭白衣，明眸善睐，气质高贵，脸上已经没有了紧张的神色。看到人没事，尹吉甫内心松了一口气，赶紧上前，郑重对着女子作了个揖，说道："小生骑的马失控，冒犯了公主，请公主降罪！"

尹吉甫皮肤白皙，眉目如画，身穿红绨袍，足蹬乌皮靴，身材挺拔，举止有礼。看着眼前这个俊俏的少年，女子摆了摆手，说："不怪你，刚才我正好隔着车帘在看外面，是拉车的马儿失控造成的，而且我也没事。"

接着，女子问尹吉甫："公子来京都何事？"尹吉甫以实相告："小生是来参加万舞大会的。"

“原来是来参加万舞大会的。”女子低声自语，然后歪着头笑了笑，上车走了。望着官车远去的方向，尹吉甫呆呆地站了一会儿，牵上马，慢慢向城中走去。

那边拉货的马车是运送草料的，车上的草料散落了一地，车夫赶紧下车把草料重新装好，正准备过来向女子和尹吉甫道歉，却发现他们都已经走了，便登上马车，赶着马儿进城了。

这女子便是仲姬，在后来的万舞大会上，他们将再次相逢。

“唷……”随着车夫的轻声吆喝，马儿停了下来。尹吉甫的思绪被打断。他理了理衣服，下车走进了卿士书院。

第一堂课

阿佳刚和婳姬说过几句话，教室里就安静了下来。原来是先生来了，果然正是小钰的爷爷尹吉甫。阿佳赶紧回到小钰的座位，双腿跪坐在地垫上。

尹吉甫身形高大，气质儒雅。西周人多长寿，周文王活了九十六岁，周穆王活了一百零四岁，周公旦也是长寿之人，尹吉甫已经年过七十，依然身姿挺拔，面容如玉。他来到讲桌前，然后从衣袖里拿出了一卷竹简，在桌面上摆好，再缓缓展开，目光和蔼地望向学生。

学生们便赶紧从地上立身起来，在一位年龄稍长的学生带领下，齐声向尹吉甫问道："先生好！"尹吉甫向大家躬身还礼。

然后学生们一起念墙上的学前训导："天命有道，立德为先。温恭受训，孝悌庄严。志无虚邪，行必正直。仁礼尽至，德仪勿失。见善从流，有恶立迁。先生施教，弟子谨记。”

念完后，尹吉甫示意大家坐好。然后，他温和地说：“天命有道，立德为先。大家要谨记训导，时时规范自己言行，切不可敷衍学舌，念过便忘之脑后。切记！切记！”

顿了一下，他又问道：“上次我们讲的诗都记下了吗，有没有人可以起来给大家吟诵一遍呢？”

阿佳看尹吉甫似乎并没有带着《诗经》来上课，心里不免有些失望。但她转念一想，在西周那个时代，纸还没有被发明出来，书写一般是在竹简或石块上，高级的才会写在丝绢上，爷爷怎么会轻易带到书院来呢。但这可就加大了自己完成任务的难度啦，看来还得要想办法博取爷爷的信任，才能方便拿到《诗经》。

阿佳知道上堂课讲了《兔爰》这首诗，她想站起来吟诵，但同时又有点担心，此前的小钰虽然也很得爷爷喜爱，但在读书用功方面还是有些欠缺，如果自己贸然站起来，不知道爷爷会不会产生疑虑，她想了又想，最终决定暂时不起来吟诵。

只见刚才领大家诵读学前训导的男子站了起来。先对着尹吉甫作了个揖，然后向四面的同学拱了拱手，便朗声吟诵起来："有兔爰爰，雉离于罗。我生之初，尚无为；我生之后，逢此百罹。尚寐无吪！有兔爰爰，雉离于罦。我生之初，尚无造；我生之后，逢此百忧。尚寐无觉！有兔爰爰，雉离于罿。我生之初，尚无庸；我生之后，逢此百凶。尚寐无聪！"

他的声音清楚洪亮，听起来很舒服，阿佳看见尹吉甫满意地点了点头。《兔爰》这首诗，是一首伤时感事的诗，表现的是对过去的怀念和对现在的厌恶，着重表达诗人对现实的失望与愤慨。按照阿佳从资料库中查到的资料，这首诗从成诗时间来说，是诗经第一首。不过，尹吉甫并没有在课堂上向大家讲解这首诗的意义和表达的情感，以及这首诗的创作背景，只是领着大家又反复吟诵了几遍，便进入了新学习的任务。

今天学习的新诗叫《简兮》。这是一首赞美舞师的诗歌。尹吉甫简单介绍了一下诗歌的意思，便领着大家一起反复吟诵。古代吟诵和今天的朗读不太一样，有点像是带节奏和韵律的朗诵，听起来有着别样的音韵之美。这些学生年长的有十四五岁的，年少的有七八岁的，于是，各种声音杂在一起。一时，教室里书声琅琅。

读过几遍后，尹吉甫再次发问，问有没有人能将《简兮》这首诗吟诵出来。这一次，阿佳举手站了起来。她先向尹吉甫行了礼，再向同学们行了礼，然后将这首诗完整地背了一遍。阿佳看到爷爷用明显惊喜的眼光多看了她两眼。接着孀姬也起来背了一遍，后面又有几个同学站起来背诵，他们虽然背得不如阿佳流畅，但词句基本都记下来了，尹吉甫看起来很高兴。

读过《简兮》，尹吉甫宣布让大家休息一会儿。孀姬便拉着阿佳去庭院里玩。来到庭院，只见树木葱茏，花草繁茂。阿佳惊喜地发现，一棵大树上还挂着一架秋千，便拉着孀姬过去坐在秋千上。秋千绳索是用兽皮制成的，摸起来似乎还有温度。

两人坐在底板上，轻轻荡着，孀姬贴在阿佳耳边说："看到没有，今天老师的衣服很漂亮吔！"

阿佳知道，爷爷年轻时就是万舞比赛的高手，能歌善舞，又会多种乐器。看来，孀姬对爷爷相当崇拜，是爷爷的铁杆粉丝呢。

孀姬叽叽咕咕地悄声和阿佳说着笑话，阿佳一边听着，一边浅浅地笑着，她悄悄从包里掏出两颗巧克力，剥了一颗喂到孀姬嘴里。

刚开始，孀姬看着黑乎乎的豆豆，还是一脸嫌弃的表情，随着巧克力的融化，婳姬脸上的表情迅速变化。

一颗巧克力豆很快吃完，婳姬显然没有满足，悄悄问阿佳："还有没有，再来一颗，好吗？"

看阿佳装着没听到，不为所动，婳姬就轻轻挠她的胳肢窝，阿佳只得赶紧告饶，向周围看看，竖起手指，在婳姬面前做了个噤声的动作，迅速把另一颗巧克力剥开，喂进了婳姬嘴里。

庭院里闲聚着三三两两的同学，有的在扔羊拐骨，有的在讲笑话，有几个在玩"卵石棋"。卵石棋是尹吉甫发明的，他在民间采风时，经常观察农民耕作。随着农民的劳作，一块块田地的麦子被收割了，一块块田地又栽上了秧苗。尹吉甫灵机一动，在地上画出"田"字形的图案，上面摆放几块石头子，有白色的，有黑色的，白色的代表女子，黑色的代表男子。尹吉甫把这种图案叫"棋"，把这种游戏称"卵石棋"。

"卵石棋"的玩法是，棋盘为"田"字形，最下边三个点为白圈。棋子分为黑白两色，三黑三白，共六颗，分别摆放在"田"字形左右两根竖线的六个点上。两人各执一色棋子，一次只走一步，两方斗智，直至一方把另一方的三颗棋子全部逼进下边白圈中，就算获胜。一般来说，先走的会赢。由于棋盘简单、棋子数量少、走法简单、用时不多，这种卵石棋在当时很流行。尹吉甫把这棋的玩法教给了学生，供他们课余玩耍，还能启发心智。大家没玩多久，就听得老师叫进教室了。

当阿佳和婳姬走进教室的时候，发现教室的格局完全变了。课桌都被拉到角落里堆放起来，鼓、瑟、石磬等乐器则摆放到了中间，这是要唱歌跳舞啊，阿佳和婳姬对视了一下，心照不宣地笑了。

果然，尹吉甫让孩子们分两边站好，自己则敲着鼓唱起歌来，唱的内容正是刚才学的《简兮》。他一边唱，一边奏乐，一会儿敲一下鼓，一会儿拨一下瑟，一会儿急促如千军万马奋勇向前，一会儿婉转如高山流水悠悠不尽。

在变幻不定的曲调中，只见尹吉甫身姿时而灵活如游龙，时而庄重如山岳，既有武舞的雄壮勇猛，又有文舞的雍容优雅、风度翩翩，敲鼓时势如震山，鼓瑟时情怀曲水。他宽大的袖袍随着节奏飞舞，让人眼花缭乱，把一屋子人都看呆了。最后，在石磬一声清脆的声响中，整个演奏画上了完美的句号。

阿佳在礼乐知识方面早已做过功课。她知道西周的礼乐文化，是在夏商两代礼乐文化的基础上发展而来的，夏、商、周三代之礼一脉相承，而周礼集其大成。西周礼乐文化的兴起，既继承了前世文化的优秀成果，同时又具有自身的鲜明个性，开启了中国文化在中华文明史进程中引人注目的历史变革。

西周礼制包括冠礼、婚礼、丧礼、聘礼、乡饮酒礼、士相见礼、燕礼、觐礼、朝礼、飨礼、祭礼、军礼等，是一个庞大的体系。

乐，原本也是一种辅助性的原始宗教仪式，是古人将“颂神娱神”的愿望以舞和乐的形式“送达天听”的手段。乐，源于人的生命意识深处对事物的感受，通过乐可以调节人的性情，达到返璞归真的目的。“其哀心感者，其声噍以杀。其乐心感者，其声啴以缓。其喜心感者，其声发以散。其怒心感者，其声粗以厉。其敬心感者，其声直以廉。其爱心感者，其声和以柔。”经过改造，乐成了人们在宗庙之中，在族长乡里之间，在父子长幼闺门之内等社交场合沟通情感的基本方式。它能唤起血缘亲情，增进社会成员之间的亲密感，从而化解因为礼的等级化、秩序化引起的种种对立感和心理矛盾。正是基于乐对于人心，民情和社会共同心理的反映功能，统治者才能够从乐官那里感受到民风民情，从而制定出符合社会风尚，引导万民心悦诚服的礼乐制度。

周礼对于“乐”的使用，严格规定了不同的礼仪制度，不同的等级相配的乐舞名称，内容、程式与规格，不同等级的不能跨越。在“礼”的严格规定下“乐”的形态很复杂，有祭礼用乐、飨礼用乐、射乐用乐、乡饮用乐、军礼用乐、燕居用乐、祷雨用乐等形态。礼乐同时被改造形成制度之后，王、诸侯、公、卿、大夫、士这些贵族的生活都在此两者的影响之下，大至国祭、征战，小至饮食、行步，都必须以乐律为节。

如果说礼之功能在于外在的行为规范的建立，那么，乐之作用则在于内在精神秩序的培育。事实上，内与外是相互促动的，礼与乐是互为一体的。礼乐文化是中华民族与天地同德，与万物和谐，历经数千年自强不息创造的产物，是中华民族安身立命之根本，也是历朝历代华夏子孙、仁人志士永恒的价值追求与强大的精神支柱。

尹吉甫放下磬槌，在屋子中间站定。整个屋子陷入平静，众人似乎还没有从乐曲中回过神来。阿佳最先清醒，“啪啪”鼓掌，大家这才跟着鼓起掌、叫起好来。

来西周的第一堂课就能感受到乐舞的魅力，对于阿佳来说，这也算是意外之喜。

接下来，尹吉甫把舞曲动作一一分解讲授。他说再过几个月就要举办乡射礼了，大家好好练习，到时在乡射礼上如果能表演出众，将有机会被选入官学，和诸侯、太子一起上学，那时候就能学到更多知识啦。

听尹吉甫这样说，学生们一个个抢着上场，练得更加认真，更加起劲了。阿佳十分庆幸高文给她恶补的舞蹈课，在洋洋乐曲中舒展长袖，俯仰身姿，在舞蹈之中领会生命的自由。阿佳有一种心醉神迷的感觉，尹吉甫看她的眼神也充满赞许和鼓励。

放学了。以前都是阿佳一个人走回去的，今天尹吉甫竟招呼阿佳和他一起坐车回家。尹吉甫让阿佳紧挨自己坐着，还拉住阿佳的手，夸赞她今天在课堂上的表现很好。阿佳则意犹未尽地向爷爷请教跳舞的技巧，接着悄悄给爷爷讲他的粉丝背后议论他的话。尹吉甫静静地听着，嘴角微微上扬起来。

看到尹吉甫面带微笑，阿佳也很高兴，初战告捷！她在心里给自己比了一个“耶”。

礼　物

但是接下来，阿佳又陷入了烦恼。原本以为尹吉甫会把《诗经》文本带到书院去教大家，结果这个预想被否掉了，接下来该怎么办呢？阿佳陷入了沉思。她出发之前，高文几乎把整个百科知识全书信息输送到她的脑袋里去了，还输送了很多关于怎么和人打交道，如何博取人的好感与信任，人性有哪些弱点，人性有哪些优点，怎样给人送礼等各种各样的知识。

阿佳一边在脑袋里面检索这些知识，一边想着办法，突然她记起来，一个月后就是爷爷的生日，送一件什么样的礼物能让爷爷高兴呢？阿佳想呀想，想到了两种方案。

第一种方案，是做一套书签，选几首爷爷最得意的诗作，配上画，做成书签送给爷爷，自己亲手做的书签，然后配上爷爷写的诗，爷爷一定会喜欢的。第二种方案，是让高文用传送门带一支毛笔过来送给爷爷。

两相对比，阿佳觉得还是毛笔更实用。想到这个办法，阿佳很高兴，利用量子交换器将自己的想法发给了高文。本来阿佳在床榻上翻来覆去睡不着，这下终于放下心来，安安心心地进入了香甜的梦境。

第二天一早，阿佳刚刚醒来，就接收到了高文回给她的信息。高文说："阿佳，你的想法很好，具有很强的实用性，但是如果从现代社会给尹吉甫送一支笔过去，这笔的工艺与同时代差距肯定很大，你怎么解释笔的来历呢？建议你认真学习笔的制作工艺，亲手制作一支笔送给尹吉甫，这样更有意义。你觉得呢？建议仅供参考。——爱你的高文"

高文的话让阿佳有些泄气，她陷入了沉思。是啊，从现代社会送去的，比起自己手工制作，的确很好，也很漂亮，可是怎么解释笔的来历呢？看来只有想办法自己制作一支笔了。阿佳从信息库中调出了毛笔的制作工艺，开始细心研究起来。

"一支轻巧的毛笔，看似简单，做起来任务却十分繁杂，制作环节分为干活、水活，需要经过梳毛、齐毛、切毛、轧毛、折毛、倒毛、圆笔、拢笔、染笔等工序，所需工具有数十件。”看到这里，阿佳倒吸了一口凉气。“其中关键的是‘梳、齐、切’三道工序，每一项都极其考验指尖功力。很多人吃不了这个苦，一年半载学不会，学着学着就放弃了。”做毛笔真有这么难吗？阿佳内心竟燃起一股不服输的劲头，决心要挑战一下。

她继续往下看：“制作毛笔，最关键的工艺在笔头上，笔头要尖，拢住后，从上到下，不能有坑坑洼洼。做好的笔头在手上顿一下，能弹起来就是好笔。制笔以羊毛为主要原料。制作时先把羊毛撕开，用生石灰沤，沤一星期左右去除腥膻味，等到羊毛看起来发黑时取出。然后用特制的牛骨梳毛，要梳几百遍，梳羊毛的过程中用拇指和食指捏住毛，以防笔毛脱落，并要不停地蘸水。羊毛加工好后，分成束，拢圆扎起来，这就是笔头，把制作好的笔头吊起来，在吊的过程中笔毛会越来越紧，三天后取下来，用手使劲拔都拔不出来。最后一道工序是装套，将笔管一段掏成空腹，孔径大小与笔头粗细相适，再将笔头装入即可。”

看起来做毛笔也没什么太难的，应该没有问题。

阿佳开始琢磨，上哪里去寻找做笔的材料呢？她打开了小钰的记忆寻找起来，终于她发现，家中有个叫子路的仆从曾经养过羊，而且子路还是个好脾气的人。

事不宜迟，当天上午阿佳便找到子路，请他帮忙找一些整齐干净的羊毛。子路是个勤快而又聪明的小伙子，一口应承下来。没过几天，在子路的帮助下，阿佳找到了羊毛、竹管，还找到了沤笔毛用的石灰，阿佳高兴地想，这真是踏破铁鞋无觅处，得来全不费工夫。

可惜“纸上得来终觉浅，绝知此事要躬行”。最近，下午放学一回家，阿佳就把自己关在屋子里做毛笔。这一动手才发现，要做好一支笔真是太不容易了。

首先选毛就累得她眼睛干涩，眼冒金花。要从一大堆羊毛中选出长度一致，品相上好的上千根羊毛，这可不是件简单的事。阿佳忙活了半天，才选出了几十根，已经累得头昏眼花，闭上眼睛，眼前飞舞的全是一根根羊毛。

挑选笔毛花去了整整一周时间，阿佳才进入下一道工序，将选好的毛齐头理好。由于羊毛很细，一不小心就沾在手上被带偏了位置，搞得阿佳好几次想放弃，不过最终又说服自己坚持。齐毛看起来简单，结果又花去了她一个星期。

好在阿佳前面的功课做得好，笔毛是一根一根选出来的，又是一根一根放置整齐的，后面的切毛、梳毛工作量就相对轻松了不少。梳好毛后，阿佳在子路的帮助下把羊毛一束束扎起来。看着毛笔在一天一天接近成型，阿佳内心满满的喜悦，特别有成就感。

终于，在快到尹吉甫生日时，阿佳制作好了生平第一支毛笔。

尹吉甫生日这天，家族的亲友，尹吉甫的同事、朋友，纷纷前来祝贺。府门前喜气洋洋，热闹非凡。府里歌舞燕乐，钟鸣鼎食，主客都尽情享乐，直至夜深。

到了晚上，宾客散去，阿佳来到了尹吉甫房前，准备把礼物送给爷爷。“自己做的？”尹吉甫觉得有些意外，把阿佳带进了自己的书房。

阿佳进入书房，只见进门靠墙处，一边立着一架檀木水墨屏风，一边立着一架云纹铜镜。往里走，一张矮几横在窗前的地上，桌面上放着果盘、肉脯，旁边立着一架青铜灯盏。再往里面，靠墙的角落放着一个台架，上面挂着威武肃穆的铠甲，旁边的墙上挂着佩剑和弓。对着窗户的那面墙是一个书架，上面放着满满的竹简书籍，阿佳一眼看到了放在醒目位置的帛书《诗》，不由心儿咚咚直跳。

拿过毛笔，尹吉甫用手指将笔尖的毛轻轻揉开，在灯下仔细观看，只见笔肚饱满，笔尖整齐，手摸笔肚结实而有弹性。真是一支好笔！尹吉甫在内心暗暗赞叹。他命仆从取来温水，将毛笔放入温水，水面刚好浸过笔肚，笔尖悬空，浸泡一会儿后，取出毛笔，用软布吸干笔毫上多余的水分，再以笔尖均匀蘸墨，在竹简上写起自己的名字来。

尹吉甫从未用过如此好用的毛笔，只觉得墨彩柔润，转折流畅，笔痕自然。他感到一种从心底里流出的舒畅，不由得心内大喜。他细细端详着毛笔，连连夸赞："好笔啊，好笔！"

接着，他放下笔，站起身来到阿佳身边，一把揽住阿佳，喃喃说道："好孩子，好孩子啊！"说着眼中竟然落下泪来。恍惚中，尹吉甫的思绪又回到了从前。

再 见

进入城中，尹吉甫找了家干净整洁的客栈，在店里住了下来。万舞大会的日期还没有到，第二天上午，尹吉甫闲来无事，就在城里闲逛起来。

繁华的卫都街市整齐，街市上店铺林立，人潮涌动。店铺经营种类繁多，有卖酒食的，有做衣服的，有卖各种生活用品的，还有挑着汤饼等小吃的挑夫一路吆喝着，真是热闹非凡。尹吉甫一边慢慢走，一边四顾看着，忽然看到一家玩具店。

他走进去，只见店里摆着好多新奇的玩意儿，有泥车，有木马，有陶俑。陶俑一个个做得活灵活现，十分逼真。忽然，尹吉甫在架子上发现了一套马车，这马车由四匹马儿拉着，车盖十分华丽，挂着逼真的流苏，车身上雕刻着“后羿射日”“羲和巡天”等传说故事。车内坐着两个人，大人神情严肃，小孩却满脸笑容。尹吉甫一眼就喜欢上了这个玩具，觉得它构思巧妙，做工精致，特别是那小孩儿，乍眼一看，跟自己的小弟竟有几分神似。把这个带回去送给弟弟，一定是份极佳的礼物，尹吉甫心想。

尹吉甫满心欢喜，便要伸手去拿马车。冷不防旁边伸出一双手，将马车捧走了。尹吉甫心中一紧，伸手欲拦，急道："等一下，这是我要的！"

"姐姐，快看，这车上的人儿可像明公子？"只见一个头上扎着双髻的少女捧着马车，欢快地向门口跑去。门口站着一个女子，只见她白衣飘飘，明眸善睐，气质高贵。正是那天尹吉甫在进城时撞上的女子。

竟然是他。

竟然是她。

两人显然都愣了一下。还是那女子先回过神来。她笑意盈盈地说："真巧。今天又碰到公子了。"

"是啊。公主好！小生看这套马车做得很好，想买回去送给家中的小弟，他下月满十二岁。"尹吉甫对着女子作了个揖，徐徐说道。

"那可不行！这马车是我先拿到的。"扎双髻的少女快声应道。

“小云，不可无礼。公子比我们先进店，理应让给公子。”白衣女子止住少女。

“姐姐，你看这马车做得多好看呀！这车上的雕花可真是漂亮，特别是这个小人儿，感觉就是照着公子小时候的样子雕出来的呢。”少女捧着马车，一脸惋惜的口气。

女子从少女手里拿过马车，细细端详了一番，说道：“确实有点像，不过，孩子小时候的样子都是差不多的。我们住在这里，随时可以来这里挑选东西；公子从远方来，想给家人带一套礼物，这样的心意应当成全。这马车，还是给公子吧。”说完，把马车轻轻放到尹吉甫面前。

“小生尹吉甫，谢谢公主玉成。”尹吉甫弯下腰，对着女子又郑重地作了一个揖。欢欢喜喜地付了钱，将马车带回了客栈。第一次相遇，吉甫就被公主的高贵气质和处乱不惊的品质所折服；此次相遇，对方又如此善解人意，温柔有礼，他心里对那公主的好感不由得又加了几分。

《诗》

看到尹吉甫竟然有这么强烈的反应，阿佳内心有些慌乱。想到自己的任务，她慢慢镇定下来。等到尹吉甫的心情平复了一些，阿佳问道：“爷爷，您的字写得真好看！您舞跳得好，诗作得好，字也写得这么漂亮！不过，您知道媔姬最崇拜您哪一点儿吗？”

“哦，这我倒是不知道了。”尹吉甫显得有些好奇。

“她呀，最崇拜爷爷您骑马狩猎时的样子！”阿佳故意顿了一下才说出答案，“爷爷，您觉得狩猎好玩吗？能给佳儿讲讲吗？”

“狩猎，那当然是非常有趣的啦，想想都让人血脉偾张呢。”听见阿佳这样问，尹吉甫起身到书架前，抽出一部帛书翻开，放到阿佳手里。这不正是自己要寻找的《诗》吗！阿佳按捺住怦怦跳的内心，感觉喉咙有点干涩，竟然不知如何开口。

尹吉甫翻开一页，吟道："吉日维戊，既伯既祷。田车既好，四牡孔阜。升彼大阜，从其群丑。吉日庚午，既差我马。兽之所同，麀鹿麌麌。漆沮之从，天子之所。瞻彼中原，其祁孔有。儦儦俟俟，或群或友。悉率左右，以燕天子。既张我弓，既挟我矢。发彼小豝，殪此大兕。以御宾客，且以酌醴。"

这首诗念完，尹吉甫对阿佳说道："孩子，这首诗的诗名叫《吉日》，讲的是宣王带领大家去狩猎的事。"尹吉甫回忆起年轻时狩猎的场景来。

天子打猎跟平民打猎不一样，可不是只为了多打野兽，而是要借打猎的名义训练军队，展示军事力量，以及提拔有能力的将领，是很严肃的实战演习。打猎之前要先举行祭祀，祭祀的神灵不是人，而是马祖。当时马是重要的打猎、作战、出行工具，用到马的时候，就要祭祀马神，祈祷凡间的马顺利完成任务。

什么季节猎哪种野兽，用什么方式狩猎，都是有规定的。天子田猎春天叫"蒐田"，以用火为主；夏天叫"苗田"，以用车为主；秋天叫"猕田"，以用网为主；冬天叫"狩田"，用车徒列阵围猎。

打猎前要划定好一片野兽多的区域，周围设置好栅栏，不让野兽跑出去，这项准备工作叫作“防”。确定好了围猎区域，还要给宣王建打猎时的指挥所，也是休息的地方，相当于野外的临时行宫。那次给宣王建的临时行宫，安置在漆、沮二水之边，周围有壁垒作围墙，设有左右两个军门，门柱用旐旄旗杆代替。训练有素的将士在军门外排列成阵，显示出王猎的气势。

周宣王站在高高的大土坡上，猎场群车驱逐野兽的热闹场面尽收眼底。野兽被赶进“防”内，以方便宣王带领群臣射杀擒获。远望莽莽平原，只见野兽成群，那些毛色发亮的公鹿母鹿在阳光下跳跃不已，周宣王看得心潮澎湃，立即向猎场进发，准备大展身手。

打猎如同打仗，各个环节都非常严肃，若违反规定，会受军法处置，甚至被斩首。田猎之前会举行“师祭”，周宣王亲自参加，在誓师环节，主管官员再次严肃发布田猎各条禁令。禁令里面有几条比较重要。一是要听从号令，集中行动。田猎目的是军事训练，周宣王指定了一名中军元帅担任总指挥。指挥官发布行军命令时不是大声喊，而是敲击跟小鼓差不多样式的“鼙”，打出“行”的音节，鼓人击鼓三次，司马摇晃大铃铛，于是御者步兵听从号令马上前行；要是指挥官打出“进”的音节，士兵们就要加快速度跑；如果听到停止的号令，就集体停下。另一条是“不出防”，就是大家都在提前围好的范围内打猎，如果猎物跑到了“防”之外，就不能再去追。还有一条很重要，就是要按等级射杀。正确的顺序是，天子先射杀猎物，然后是诸侯射杀，往下排是大夫、士。谁敢打乱这个顺序，就等于当面挑战周宣王的权威。

田猎时射杀猎物讲究“上杀”“中杀”“下杀”。箭法高超的，可以从野兽的腹左射进去，从右肩穿出来，一箭射穿心脏，猎物死得快而鲜洁，几乎没有血污，这叫“上杀”；稍次一些，从野兽的腹右射到右耳根，没有射穿心脏，这叫“中杀”；再差的，从野兽左腿射进去，从右肋骨穿出来，射穿了肠胃，有血流出来，这叫“下杀”。要想达到“上杀”的效果，就要让驾车者将猎车赶到猎物的左面，以达到一箭穿心的猎杀目的。

在打猎现场，只见宣王张弓挟矢，气宇轩昂，他一箭射出，便中了一头猪，再发一箭，又射中了一头野牛！大家不由得齐声欢呼起来。在周宣王的带动下，参加田猎的人们一个个异常积极，猎场上喊杀声、追逐声震天。猎取的大兽是要归公的，但小兽可以自己带回家。打到猎物的人，都把猎物的左耳割下来献上去。

热闹半天，收获颇丰，周宣王心情大好，请大家大吃一顿。御膳房的大厨们使出全部绝活制作大餐，又把吃不了的兽肉进行加工处理避免变质。在主宾欢宴中，周宣王对田猎活动进行了总结，奖优罚劣，大家各得其所，尽兴而归，打猎活动正式结束。

阿佳用手轻轻摩挲着帛书，顺滑的丝感通过柔软的质地把一种温润的感觉传递到手上。不知为什么，阿佳忽然想起了和高文一起在不周山上行走时的感觉，那时候，她感觉整个人和大自然是一体的，那样自在，内心有像风一样的自由感。而当下，她手里轻轻摩挲着这本书，当日的一切情绪似乎被唤醒了：天空、飞鸟、鸣虫，草叶，一切的生命似乎在向她召唤，她内心有一种想要喷发而出的激动，却不知道如何表达。

“《吉日》这首诗是宫里大夫写的，这里面也有我写的诗歌，但大多数是从民间采集来的。”

“爷爷，这个，可不可以让我拿回去，好好看几天。爷爷的字真好看，我想学学，还有里面的诗，我也想好好看看。”阿佳有些紧张，有些吃力地说。

“佳儿也喜欢诗，爷爷很高兴。你拿去慢慢看吧，不用着急给我。”尹吉甫做了一个想要休息的动作，让阿佳回去了。

意　外

没想到这么顺利就拿到了《诗经》文本，阿佳按捺住自己怦怦乱跳的小心脏回去了。

一进自己居住的小屋，她立即给高文发出信息：“《诗经》已拿到。”

阿佳把书拿在手里仔细端详。白色的封面，上面写着一个小篆体的字：“诗”。翻开第一页，正是那首《兔爰》。下面还有小字备注：“宣王元年，吾已过廿年，空有忧世之心，而无报国之门，时事多变，未知路在何方。感时而作此文。”

阿佳接着往后翻，看到了《简兮》《猗嗟》《绸缪》《干旄》等。在《干旄》诗后，有尹吉甫的注：“今以《干旄》示主，开启新的生活。”

接着，阿佳发现，尹吉甫的诗开始转向描写战争和怀人。那时他和仲姬已经恋爱，但又为卫国国君所差遣，四处征战，所以陆续写下的诗篇有《击鼓》《东方未明》《清人》等。

阿佳从头翻到尾，却并没有看见什么符咒，心内有些奇怪，但她想，符咒也许是隐匿在诗文里的，要不然，尹吉甫也不会这么放心就给自己吧。

正好，这时，高文的信息发过来了，时空传送门将在几分钟后到达，让阿佳做好准备，到时把《诗经》放入门内即可。

阿佳赶紧把书收好，还找了个袋子装起来，等候时光之门的到来。

没过几分钟，一道白光从天而降，落在阿佳屋子中央，阿佳马上把书放进白光照射的地上。只听“倏”的一下，白光消失了，《诗经》也不见了。

阿佳躺在床上，在忐忑不安中进入了梦乡。在梦里，她梦见尹吉甫发现了她是从另一个时空来的人，命令仆从把她捆绑起来，要她交出《诗》，她吓得浑身哆嗦，不知如何是好。突然，一道白光闪过，高文和米歇尔出现在她面前，高文很快把那些仆从打倒，米歇尔一把抱起她，冲进了时空传送门。倏的一声，他们飞离了西周，通过时空传送门往回赶。可在路上，时空传送门却发生了故障，他们找不到回去的路了，在黑暗中，他们只能到处摸索。阿佳感觉自己被甩出了时空传送门，在黑暗里漫无目的地飘呀飘……梦境不停变幻，阿佳一会儿惊慌，一会儿恐惧，直到天快亮时才又沉沉睡去。

第二天一早，鸟儿啾啾的鸣叫唤醒了阿佳。阿佳睁开眼睛，还好，一切还是平安正常的。她一眼就看到了高文发回的信息："'思无邪'灵符没找到，继续寻找。《诗经》文本今晚通过时空传送门发给你。——爱你的高文"

灵符没找到？那会在哪里呢？阿佳有些发蒙了。不管它，找机会再见机行事吧。阿佳一边想着，一边翻身下了床。

第二堂课

又到下午上课的时间了。阿佳和婳姬都早早来到了教室。

今天讲的是西周的历史。尹吉甫觉得应该让学生了解西周诞生的历史，让他们从历史中学习怎样做人，如何做事。但他讲的历史并不是西周的通史，而是撷取其中的一些片段，讲给学生听。今天，他要给学生讲的是周文王的故事。

“周文王在父亲过世后，继承了父亲的爵位。父亲在世时被商王封为‘周西伯’，周文王继位后，被人称‘西伯侯’。在位时勤于政务，爱惜贤才，扩大疆土，这片土地在他的治理下一片繁荣。”尹吉甫坐在讲案前，用平和安定的语气慢慢向学生讲述着。对于这位周朝开国的先驱人物，他最为敬重的，就是他的德。

“那个时候诸侯国多矛盾，纠纷不断，没有个结果，听说西伯侯治国有礼，就想来找西伯侯评判一下。等他们到了西伯侯管辖的境地，发现这里个个都谦卑有礼，遇事都互相礼让，而他们却为了一点儿小利争执不已，不由深感惭愧，便各自回国去了。这一事件一传十，十传百，从此，诸侯们有什么矛盾都来找西伯侯进行评判。那个时候的西伯侯还没称王，只是一介诸侯，这件事后广受诸侯们拥戴，于是周文王才由西伯侯改称王。”讲到这里，尹吉甫停了一下，环视了一下学生，看到大家都在认真听讲，继续说道，“所以你们看哪，什么是天命，这就是天命，不是周文王自己要称王，而是诸侯敬重他，信服他，拥戴他为王。厚德才能载物，为民生计者才能得天下啊。”

接下来，尹吉甫又继续讲道：“周文王励精图治，兢兢业业，为周国的兴盛不断努力。年轻时候，他临危受命，继承父亲的爵位，自有一番少年天成的豪情；在位期间，勤于政务，爱惜贤才，经常在批阅奏折时眉头紧锁，凝神思考，有浑然天成君王之气；面对贤才，他彬彬有礼，洒脱豪放，不问出处，不计出身，贤人和君子都愿意为他出生入死。”

“周文王治国时，重视农业生产，自己以身作则，穿最简单的衣服，吃最简单的饭菜，还时常下田间劳作。穿着粗布麻衣，却不掩他的王者气度；即使是吃最简单的饭菜、用最简单的餐具，也是满含诚意，对食物恭敬有礼；即使是下田这样的粗活，他也做得那样自然，不因为脏污而有嫌弃的表情。”尹吉甫感慨地继续说道，“为了拜姜尚为师，多次登门，陪他钓鱼，为他拉车，没有一丝一毫不耐烦，只有对老师的敬佩与渴望贤才的急切。舞剑时的他，英姿飒爽，正气凛然；面对百姓时的他，却又和蔼可亲，完全没有帝王常有的那种疏远与严肃；在孩子面前，有的只是他做父亲的慈爱，与渴望子女成龙成凤的殷切期盼。”

最后，尹吉甫总结说：“周文王不断扩宽疆土，攻下周边国家，将周的都城从原本的岐山迁到渭水平原，改都城为丰京。然后又南下扩展水流附近的领地，诸侯们也都对周文王十分敬佩，愿意听从周文王的号令，讨伐商纣王已经是人心所向，历史的必然。虽然文王不幸过世，但他已经为周朝成功创立奠定了深厚的基业。如此，他的儿子姬发才能在伐纣时举着周文王的牌位，一战成功。”

尹吉甫讲完了，学生开始在下面互相交流起来。

有学生说：“听说周文王活了九十六岁，九十二岁还带兵打仗，好厉害呀！”另一个学生说：“我听说他会打卦，想要知道什么事情，打一卦老天就会告诉他，这是真的吗？”还有学生说：“我也听说这事了，我还听说他得到了上天赐给他的丹书，丹书上有一个神奇的符咒叫‘思无邪’，所以他才能当上周文王，周武王才能打败商纣王。”

“‘赤鸟衔书’确有此事，那是文王的德感动了上天，上天要赐他以天命，所以令凤凰神鸟衔来了丹书。”看到学生们了解这么多周文王的故事，尹吉甫感到很欣慰，他自己也不由想起了当年跟着周宣王四处征战平乱的日子，思绪渐渐飘飞开去。

征　伐

讨伐猃狁，那是在周宣王五年，那一年，尹吉甫近三十岁。

猃狁，也叫犬戎。周厉王时，他们就频繁地在边境发动进攻，特别是在周厉王被流放的共和行政期间，猃狁再次入侵西周领土。这一次，猃狁的大部队已经攻到了焦获，正在整顿兵马，准备向镐京发动侵袭，情势非常危急！

当时的战争形势，令周宣王非常担忧，他意识到，如果再不派出有实力的部队，如果自己再不御驾亲征，气焰嚣张的猃狁恐怕很快就要攻到旧都宗周，直逼京都了！

到了这个时候，全国上下都处于紧张的战备状态，戎车全部检修完毕，驾车的战马也打起了十二分精神，等着战车上身穿战服的将士发出出征的号令。

作为先遣部队的指挥官，尹吉甫深知这次出征的重大意义。这不只是打退猃狁的问题，更重要的是，要打出周宣王在四方各国的气势和威望！

这是一场形势严峻的遭遇战。游牧民族出身的猃狁，打法机动灵活。在过往的几场反侵袭战斗中，周王室的部队打起猃狁来异常辛苦，从高级将领到一般士兵，一说起这帮好战分子就是满脸愁容。一次次被动抵御，让西周士兵们不胜其扰；更难受的是边境线附近的城邑居民，猃狁每次入侵的目的都是抢人抢夺财宝。在周夷王、周厉王当政的这些年里，他们不知道被抢了多少回，早已不堪忍受。

已经想好应战策略的尹吉甫，面对强敌毫无惧色，对猃狁这块硬骨头，他决定采取以硬碰硬的特殊战术，用十辆超级戎车组成数百人的先头冲锋队，对猃狁发动了猛烈攻击。

正想着继续攻占西周更多城邑的猃狁，没想到这次碰到了尹吉甫这样的强大对手。猃狁的头目远远看见那面巨大的战旗，看到战旗下声势浩大、阵容严整的西周大军时，露出了惊惧的表情。没等他们做出任何反应，隆隆如雷的战车，挟着狂风暴雨般的劲矢，已经以雷霆万钧之势冲到了面前。

这一仗打得非常激烈，人马喧天，杀声震天。曾经自恃强悍的猃狁，在用兵如神的尹吉甫面前，只能举械投降或四散逃跑。初战告捷！

穷寇须追！尹吉甫深知猃狁的抗击打能力，他没有满足于这场胜利，而是乘胜狠狠追打猃狁，将猃狁赶出了边境。

这场反击战打得太漂亮了！不但替刚上任的周宣王打出了威名，也让边境的紧张局势得到了极大缓解，边境周围的百姓也可以暂时过几天安稳日子了。立下如此大功，周宣王的忧患得以解决，十分满意，赞道："文武尹吉甫，天下为宪。"

第二年，周宣王在尹吉甫大获全胜之后，趁热打铁，又交给他一项重要任务，那就是去征收全国各地的进贡，重点是借着战胜西北猃狁的声威，对东南的淮夷催缴贡品。周宣王说了，如果哪个部族不按时缴纳财物、奴隶等贡品、不按市场规定交易、不缴纳市场管理费，尹吉甫就可以对其进行严惩。

西北征战猃狁，尹吉甫是全军总司令；东南淮夷不贡，又是尹吉甫全面负责。周宣王赋予尹吉甫在军政两方面至高无上的权力，任命他为尹氏，贵为百官之长。尹吉甫的"尹"，即是由此得来。尹吉甫身负重任，为国家社稷日夜奔忙，心爱的仲姬自卫国千里西寻尹吉甫到镐京，却与他擦肩而过。

“仲姬！”这个名字在尹吉甫的内心牵出一丝切不断也割不尽的疼痛。

第三堂课

对于学生的教育，尹吉甫有他自己的心得。他觉得学生不仅要明礼好德，学习各种书面知识，更要走进田间山野，深入了解自然之物，体察自然之美。这不，第三堂课，学生们被带出课堂，来到了城外的山野里。

安静的乡间，大家一路走着，一路跟着老师认识山野里的植物。阿佳和婳姬两人最为开心，旷野风起，花粉和飞絮在风里乱飞，风是香的，是甜的，是充满生机的，是摇荡心旌的。那桃花郁李缤纷、桑苗荠菜青青、飞蓬旱柳多情、白杨古柏苍翠……这些在《诗经》里面目或清晰或朦胧的植物，在清新的土地上，一步步走入他们诗性的对话。

眼前出现了一股清流，一大片绿而肥嫩的荇菜在水里轻轻飘摇。尹吉甫欢喜地指给大家看："瞧，这就是《关雎》里面讲到的荇菜。”

尹吉甫让大家都去水里洗洗手，采摘荇菜。荇菜长得很茂密，叶子摸上去又滑又嫩又细腻，阿佳和婳姬都很喜欢，每人采了一大把还停不下来。

接着，尹吉甫又让大家背诵诗歌《关雎》。这是之前已经学过的内容，大家早已熟悉。奇怪的是，在野地里，大家的声音似乎被天地所磁化，有了更加和谐的音韵之美，学生们都被自己的声音感动了。接下来，尹吉甫领着大家寻找干净的石块坐下来，听他慢慢讲述。

“先来说‘关关雎鸠，在河之洲’。关关，形容雌雄二鸟相互应和之声。这两个叠字还内含着起兴的深意，能够将观者的注意力一下子牵引到诗的世界里。雎鸠，是水鸟名，它别名鱼鹰，是一种中型猛禽。洲，是指水中间与陆地隔离开的沙滩。这一句诗为我们展现了一个俯瞰凝视的开阔视野，同时也为后面‘窈窕淑女，君子好逑’情丝跌宕的两句做了庄重谨严的铺垫。”

“再来说‘窈窕淑女，君子好逑’。窈窕，是指体态优美，容貌姣好。这里的窈窕，不仅强调女性身体之美的细节，更强调身心之美的和谐。窈，深邃，指心灵内在的澄澈；窕，优美，指身体线条和谐有韵律。‘窈窕’的重心落在‘淑’字上。淑，一是强调品德的贤良，二是指过了成人礼待字闺中的女子。淑女，说的是一个女子窈窕气质的自然反应，是她由内而外散发出来吸引人的魅力。君子，是品德高尚男子的通称。逑，是指匹配，好逑即好的配偶，淑女可不正是君子的佳偶？在这里，佳偶匹配和两情相悦在追求生命自由的交会点上逐渐发生了融合。”

“我们接着往下看，第三句‘参差荇菜，左右流之。’荇菜，生于池沼湖泊不甚流动之水面，上青下白，叶浮在水上，根在水底，与水深浅，大如钗股。荇菜作为一种野菜，很早就是先民饮食的补充和灾年的救荒植物。荇菜所居，清水缭绕；污秽之地，荇菜无痕。”

“参差，长短不齐，随水的深浅不同，水下叶柄长得长短不一。‘参差’二字，不仅包含了眼前摇摆的荇菜，还内含了荇菜随水流深浅，水下叶柄生长长短不一的生长特性。所以‘参差荇菜’，既是写静态的生长习性，又是动态记录其在水波涟漪中间的荡漾。”

“手足与水接触，自然会出现左右的分流。‘左右’二字有着鲜活动态的画面感。流之，水流同时内含着心动，隐含着情动之后心意的选择。诗意的难言之好，就体现在这种多层意义相互叠加的不确定的感受里，你们可有体味到？”

听见尹吉甫发问，学生中便有人点头以示会意。阿佳以前也曾读《关雎》，但心里只想着是首情诗，未曾用心体悟，今天听尹吉甫细细分析，竟有不一样的收获，她不由得提高了注意力，继续听尹吉甫讲解。

“第四句‘窈窕淑女，寤寐求之。’寤寐，醒和睡，指日夜。寤，醒来。寐，入睡。‘寤寐’二字引出了深沉的思念，此中自有深意，它和水的品性有关，和国人含蓄内敛的本性也有关，如何曲折委婉地传达心意，就在这‘寤寐’二字上琢磨。

“求之不得，寤寐思服。悠哉悠哉，辗转反侧。

“寤寐思服，思，思念，也是从‘寤寐’失眠，思念的波澜被层层推进。服，语气词。这里的语气词，包含着《乐经》节奏的一些诗意的启示。悠哉悠哉，徐缓悠长。此处指思念绵绵不绝。其中内含着吟唱的张力，是诗情中隐藏的那种‘心言在口，引而不发’的怅然而澄澈的美的体验。

“参差荇菜，左右采之。窈窕淑女，琴瑟友之。

“琴瑟友之，琴瑟，弹琴鼓瑟，此处不仅表达出仪式上的美好，还体现出内在精神上的和谐。琴、瑟，都是弦乐器。友，亲近。正是有了‘琴瑟’互通，这个‘友’字才显得不同寻常。此处可以看到，不仅有爱恋之思，还有朋友之谊，看似一个平常‘友’字，将原本私密的男女之爱，又表现得坦然、庄重。

“参差荇菜，左右芼之。窈窕淑女，钟鼓乐之。

“芼，拔取之意。男主人公想象自己通过努力追到了心爱的女子，并且与她‘钟鼓乐之’的婚姻生活，其调其境，令人羡慕。《关雎》以‘乐’收尾，表达了人们对圆满、幸福家庭生活的期许。‘钟鼓’的简简大音与‘琴瑟’的靡靡之声对应，说明两个相爱的人，从情语情话发展成为钟鼓相庆的婚姻。诗意里面，时刻都有缜密的对心绪、时序、礼法秩序的梳理。”

尹吉甫就这样将《关雎》清清楚楚地讲给了学生，这使得阿佳非常惊讶，她原以为尹吉甫这样的古人一定是保守而内敛的，肯定不好意思讲像《关雎》这样涉及男女之情的诗歌，完全没有想到，尹吉甫讲起来竟是这样自然平静，更不可思议的是，听的人感觉也是如此心神舒畅，让人在不经意间想象中华文明曾经生成的场所，心里的一爱一恨、容颜里的一颦一笑、山风里的一呼一吸、雨雪中的一飘一落，诗意栖居其中。家乡土地、山川河流，在亲切的认知之外，更多了厚重、缥缈与神秘的感应，正是这样的亲切感，让心中的爱也显得更加真实。

见到美丽姑娘，心生赞美，生出与之结伴同行的愿望，这是再自然不过的人之常情。商周先人，行在路上，见着心动的人，说“窈窕淑女，君子好逑”，不遮不掩，坦坦荡荡，“参差”“寤寐”这样的词读起来，觉得其中大有深意，有丰饶甘美的味道，是欢喜的心引得人念想不绝，思虑如烟，其中更有相融和谐的愿望一阵阵泛起。

阿佳从尹吉甫的诗解中意识到，一个人不仅要懂得自己，还要敏悟万物，顺着自然的情势，去爱怜人。《关雎》中那个在缓缓水流中间采摘荇菜的女孩子，远远地投入眼帘，打动人心的，不仅是她的勤劳与善良，还有她妖娆秀美的身姿，更有她采摘荇菜时展现出来的生命力。那握在窈窕淑女手里的荇菜，不仅是自然田园的美味，而是表达心意的意向，更有由心灵聚焦而成的诗意之美，仿佛在荇菜鲜艳杏黄的花上，有理解生命的心意正在展翅飞翔。

诗 谏

在西周社会，奴隶制仍然十分盛行。奴隶被主人驱使从事家务劳动和社会生产，过着牛马不如的生活。西周土地的基本制度是井田制。简单地说，就是将大块的田地分割成九块，排成“井”字形，周围八块田地分由八家耕种，收获物归各家所有，为私田；中央一块田地则由大家合耕，收获归国家所有，为公田。井田制下守田的人，平时向授予者缴纳贡赋，战时有服兵役的义务。天子是最高的土地所有者，有权向每一位生活在土地上的贵族和庶民取得贡赋，有权向接收土地者收回土地。

但是，在成王、康王以后，社会矛盾开始激化。一方面，社会形势的变化导致奴隶主贵族内部发生了急剧的变化，贵族利益集团呈现新的格局。如在昭王、穆王时期，有一部分原来地位较高的贵族，由于醉心于掠夺战争，不注意经营农业生产，结果家道逐渐衰落。相反，一部分地位较低或者后起的新贵族，他们千方百计招徕流散的奴隶和贫苦的自耕农，设法扩大耕地，经济势力逐渐增强，贵族集团内部之间出现了新的矛盾。另一方面，由于奴隶主贵族的残酷压迫，广大奴隶过着无衣无食、饥寒交迫的生活，而残暴的酷刑、人殉、人祭等更使他们朝不保夕，一部分聚集在山林湖泽之中，结成小的团伙，反对周王朝的统治，特别是在周幽王时期。

周幽王性情暴躁，待人尖酸刻薄，而且喜怒无常，什么国家大事都不管，只知道吃喝玩乐。刚一继位，就打发人四处为他寻找美女。政治上，幽王拜虢石父为上卿，祭公为司徒，两个人都是阿谀奉承、贪位慕禄之辈，他们竭尽所能满足周幽王的无限欲望。

有一次，三川地区的守臣上报幽王，说当地发生了大地震。幽王笑着说："山川地震乃是常事，何必告诉寡人呢？"

伯阳父对赵叔带说："以前，伊水、洛水枯竭之后夏朝就灭亡了，各地发生地震之后商朝就灭亡了。现在，我们周朝就如同夏商时期的末世啊！"

赵叔带骇然问："为什么呢？"

伯阳父说："水源堵塞之后，山川必然枯竭；山川枯竭之后，地震必然产生，地震是国家灭亡的预兆。"

这年的冬天，岐山出现了山崩现象，赵叔带上奏说："山崩地震，这是国家不祥的预兆，希望大王能够抚恤平民，广开言路，以弥补天变带来的损失，使社稷能够转危为安。"

虢石父却说："山崩地震，乃是上天的正常安排，是天道，有什么不祥的？叔带是一个迂腐的读书人，不知道天意，还望陛下仔细审察！"

幽王听信了虢石父的话，罢免了赵叔带。

褒珦劝谏道："千万不能罢免赵叔带，否则会阻塞臣下谏议的道路。"

幽王大怒，把褒珦关进了监狱。褒珦在监狱里一关就是三年。

褒家的人想了许多法子设法营救褒珦，都没有成功，最后褒珦儿子洪德说："听说天子非常荒淫、好色，在褒城中，姒家的女儿长得十分清丽，但是他们家很贫穷。现在，我们如果用百金买下这个女子，把她进献给幽王，那样一定可以赎回父亲。"

姒家的女子当时只有十四岁，眉清目秀，唇红齿白，发挽乌云，十指纤纤，有闭月羞花之容，倾国倾城之貌。于是，他们家就以百金买下了这个女子，教会她唱歌跳舞，把她打扮起来，献给了幽王，替褒珦赎罪。

幽王见到如此漂亮的美人，欣喜若狂，立即释放了褒珦。因为这位美人是出自褒地的姒家，所以就赐名褒姒，充入后宫。

群臣都劝阻说："自古以来，就有因为红颜祸水而导致国家灭亡的，夏朝的妹喜、商朝的妲己就是两个很好的例子。大王应该以前朝得失为借鉴，不接受这个美人。"

虢石父却说："庄稼人多收了几捆禾麦，还可以再娶小妾。大王贵为一国之君，接受一个美人，有什么大不了的？你们怎么就那么多废话？"

幽王也大怒："如果还有人劝阻，斩！"自此，幽王与褒姒坐则腿叠腿，立则肩并肩，饮则交杯，食则同器，一连十日不上朝。幽王专宠褒姒，其他的妃子，包括皇后申氏也逐渐失宠。

一天，幽王与褒姒正在饮宴之时，申后忽然来了，褒姒没有起身迎接。按照古代的礼仪，皇后到宫中的任何地方，除了帝王之外，其他妃子、宫人都必须起身行礼，否则就是对皇后的不敬。

面对褒姒的这种行为，申后心中虽有怨愤，却不敢说出来，回宫之后愁眉紧锁，忧容不展。申后自知褒姒天香国色，而自己年近四十，自然无法以美色与褒姒一争高下，只能长吁短叹。

太子宜臼来到后宫，看见母亲郁郁寡欢，连忙跪问原因。申后说："你父王宠爱褒姒，不分尊卑。今日在翠华宫，见我来了，她仍饮酒自乐，也不起身迎接，也不退避。将来她一定会骑在我们母子头上，那时，哪有我们的容身之处呀！"

太子说："母后，不要过于忧伤，这事好办。改天，您与后宫妃子一起赏花时，如果褒姒也在赏花的队伍之中，孩儿一定会命令宫人将她乱打一顿。等到她禀奏父王时，如果父王不听，那就算了；如果父王怪罪下来，孩儿一定会杀死她！"

后来，褒姒赏花，申后果然将褒姒打了一顿。褒姒对幽王垂泪说："申皇后无缘无故命令宫人痛打妾身！"

幽王变色："皇后怎么敢如此无礼！"

虢石父附和道："臣下听说皇后的嫉妒心特别重，她不满意大王对褒姒的宠幸，这才会做出此种蛮横无理的事情。”

幽王大怒，下诏废除皇后，将她囚禁在冷宫，册立褒姒为皇后。太子宜臼愤恨不平，找幽王理论，幽王一怒之下，废掉太子。幽王废掉王后和太子，引起了朝中大臣的普遍不满。

但很多人对周幽王的昏庸，敢怒而不敢言，有的甚至借故告老归田，想要远离这是非之地。偏偏尹吉甫不肯，决心进宫死谏。但周幽王搂着褒姒坐在朝堂上，哪里听得进去尹吉甫的劝告，但尹吉甫是朝中元老，他不敢赐死，却免去了尹吉甫的职务，命他去各诸侯国采诗。

被　贬

这一日，尹吉甫家里气氛凝重，府中上下皆传着一则消息，尹吉甫大人被贬撤职了，还要被逐出京城，下人们或神色慌张，或凄然泪目，唯尹吉甫依旧神色自若。阿佳也听说了这个消息，却没有找到机会和尹吉甫说话。

几天后，尹吉甫在卿士书院给学生上了最后一堂课，顺便宣布将卿士书院解散。老师被贬，学生义愤填膺，想要去为老师讨说法。尹吉甫制止了学生的行为，只说："天命如此，由他去吧。"听说老师要去各诸侯国采诗，学生依依不舍，好几名学生甚至想要跟着尹吉甫出行，出于安全及各种考虑，被他好言劝住了。

婳姬听说尹吉甫和小钰都要离开都城，伤心得不得了，散学那天，两只眼睛哭得肿成了桃子。阿佳也知道，此去一别，再难相见，心中难免凄然，她把口袋里剩下的巧克力都给了姗姬。

阿佳不用去上课了，有时间便到城中闲逛。京都市井繁华，城中店铺林立，车来车往。这些车，大多是木制的，但这一天，阿佳却发现了一辆马拉的青铜车。只见车身闪着高贵的金属光泽，两边的车窗上挂着金色的帷幕，车前部还挂着美丽的铜铃，随着马车的前行，发出清脆悦耳的叮当声。

好漂亮的马车，阿佳不由得好奇地跟着车子往前走去。人多车慢，阿佳一路追随，只见车子在一座大房子前停了下来。车夫和门口守卫讲了几句话，便将马车驶了进去。阿佳上前一看，门前挂着牌子，写着：大周车马行。看来，这车多半是要进去维修或保养。阿佳很想进去看看，可自己怎么进得去呢？正在这时，又一辆马车到了门前。

“佳儿，你怎么在这里？”车内有人在喊她。呀，原来是尹吉甫。

阿佳高兴极了，赶紧来到马车边，说道：“爷爷，我刚才看到一辆好漂亮的车，不知不觉就跟来了。”

“爷爷您也要进去吗？带我进去看看，好吗？”阿佳满眼期待地问。

“快上车来吧，我正好要去车马行定制一辆马车。”尹吉甫把阿佳揽到身边，马车进了车马行。

车行里摆满了各式各样的马车，他们一边前行，尹吉甫一边给她介绍起马车的历史来。

传说华夏初祖黄帝发明了第一辆车，不过这车不是给老百姓用的，而是应用于军事开拓华夏疆土，并以轩辕车阵打败了战神蚩尤。商朝时期，马车是贵族日常代步的工具。西周时期，马车开始流行，制造工艺已经非常发达，马车与鼎、簋一起，成为地位与权力的象征。

“那么生活中的用车又是谁发明的呢？”阿佳好奇地问。

“他叫奚仲，是大禹治水的好帮手。在治水期间，他整天走河道跑山川，与民工们一起修渠挖沟、打堰筑堤、防洪排涝，时常泥水溅满全身。看到民工挑土、扛石料非常辛苦，他心中就不由泛起一阵同情，他决心打造一种能够替代民工肩挑人抬的工具来。”

“什么样的工具才能帮助民工拉土运石、省工省时省力气呢？奚仲反复琢磨，他用两根粗短的木棒作为滑行的基座，基座的两头翘离地面，上面安装着盛放泥土、沙石的箱子。在人或牲口的拖拉下，它便在平缓的地面上滑行起来，大伙儿都感到很神奇，就给它起了个名字叫‘木拖’。”

“木拖，这名字好有意思。”阿佳应道，她在心里想到了拖鞋。

“使用这种木拖运载泥土和沙石，在雨季和泥泞的道路上轻便自如，大大加快了施工的进度，受到了大伙儿的啧啧称赞。大禹也夸奖奚仲为天下治水做了一件大好事。可是这种滑行的木拖，很快就显现出它的缺陷来，在干硬的道路和崎岖的山间石径上，木拖几乎是寸步难行，甚至成为大家的累赘。

“奚仲因此萌生了改进木拖的打算。在夏秋的傍晚，劳累了大半天的奚仲，倒在了工棚边的草地上呼呼大睡起来。梦中他一会儿站在一个平板之上腾云驾雾，一会儿又坐在两匹大马拉着的木拖里奔跑……可就在他如神似仙做着美梦的时候，却被一股刺鼻的恶臭气味儿熏醒了，他抬了抬头，又仔细地看了看四周，却没发现身旁有什么不对劲儿的地方，直到发现一只屎壳郎推着一个鸡蛋大小的粪球儿来到了他的跟前。”

“哈哈，奚仲挨着屎壳郎睡，难怪会被臭晕。”阿佳觉得这个故事很好玩。

“是啊。奚仲猛地坐起身来，恶心得直想呕吐。他真想一下子将这只讨厌的家伙一脚踩死。可是，屎壳郎一门心思推动粪球的轻松与欢快，引起他的兴趣，一只屎壳郎竟能不费多少力气就推动了一个比自己个头大好几倍的粪球，真是奇妙极了！奚仲不再嫌弃屎壳郎的恶臭，他目不转睛地观察着屎壳郎的一举一动。只见在并不平整的草丛里，屎壳郎只是稍稍用力，粪球便慢慢地滚动起来；遇到下坡时，那粪球更是不用费力，自动就快速地旋转起来。

“看到这里，奚仲一拍脑袋，兴奋地跳起来。他仿照屎壳郎推粪球的原理，用石斧将圆木切割成一个个圆轱辘，安装在木拖底部，将木拖在地面的滑行变为滚动，木拖就像粪球一样轻快地滚动前行起来。民工们用它运载材料，又轻快又省力，大家交口称赞，这就是我国历史上最早的车辆。”尹吉甫一口气给阿佳讲完了奚仲发明车辆的故事。

“哇，这个奚仲真聪明！”阿佳也忍不住连声赞叹。

看阿佳对车辆感兴趣，尹吉甫也来了兴致，又接着告诉阿佳：“禹王见了大喜，忙封他为主管车政的长官。后来奚仲又研发了两轮车、四轮车和多轮马车。这些车一步步地代替了人力，靠着马匹驾驭的拉动，轻松便捷。此后，官道上也跑起了达官显贵们乘坐的马拉车辇。

“再后来，官府制定出了马车的统一标准，马车的尺寸有了固定的模式，大家不用出门，造出的马车就可以在路上跑。马车的生产也实现了标准化，车马行出现了，随着青铜冶炼技艺越来越成熟，铸造工艺越来越先进，马车也越做越漂亮。”

尹吉甫指着马车前面的铃铛继续给阿佳讲解：“马车上开始出现了装饰品，看，这叫銮铃。它外部是薄薄一层封闭的圆球状青铜框，表面雕刻镂空，内部包裹着一颗小石球。马车行进过程中，石球碰撞青铜框发出清脆的铃声，既美观时尚，又悦耳动听，还能对附近行人起到安全提醒的作用。这銮铃看似简单，实际上对制作工艺的要求是很高的。”

“嗯，加了这个铃铛，是挺漂亮的，而且对安全也很有作用。”阿佳一边听，一边点头。

接着，尹吉甫又讲道：“你看车前端这根横木，叫车衡。在车衡两端有两片青铜做的饰品，叫车衡饰，它一方面起到保护车衡的作用，同时也有一定的美观和装饰效果。宣王曾经多次赏赐我车衡饰，这些都是财富和身份的象征。”

尹吉甫说着，脸上的表情慢慢微妙起来，他似乎又沉入了那段难忘的记忆。

倾　心

万舞选拔大会的日期终于到了。一大早，尹吉甫便盛装来到了会场。会场上已是人山人海，旌旗舞动，鼓声喧哗。

国君正带领着文武百官举行祭祀礼仪。接下来是祈福的古歌舞。那是一段古老的歌舞，分为刀砍火烧、耕耘播种、围猎抢亲、丰收喜庆等场景。隆隆的鼓声里，扮演祖先的舞者依次出场。他们手持长刀长棍，在鼓声中，一排排长刀砍下去，一片片荆棘倒下来；一排排长棍戳下去，一片片荒地垦出来。这时，一头牛，一张犁，在祖先的把持下出场了，他们在土地上辛勤耕耘着。面对肥沃的土地，祖先的汗水一串一串地滴进土地，新耕的土地又溽又亮，泛着光芒。阳光被感召着泼了下来，舔舐着祖先黧黑黧黑的背；雨被感召着洒了下来，溜揉着祖先黧黑黧黑的背。祖先就躬耕播种在这阳光里、细雨中。

五谷杂粮撒下去，就长出来。春天的花朵也都竞相长了出来，布满田野。祖先穿行在五谷之中，五谷啃咬土地的声音从脚下丝丝冒出，五谷的枝叶轻轻抚着祖先的脸，躯干轻轻碰触着祖先的身子。祖先就在薅草、上肥时听到了岁月拔节成熟的声音，听到了庄稼呼唤阳光、阳光呼唤秋天、秋天呼唤成熟的声音。就这样，一座座荒山被祖先开垦出来，变成良田，一支无字的歌符射向天空，落入土地。他们齐声赞美丰收，歌唱土地。

冬天，祖先在雪地里围猎。扮猎物的舞者披一身灰毛兽皮，在猎人的围追堵截中东奔西突。通往山界的羊肠路上，每一把油光滑亮的长矛，就是一个个严实的守望哨。在排山倒海的围猎声中，野猪腆着肚子从山林里跑来，成了祖先手中温顺的家畜；野鸡亮着尾羽从草地里蹦出来，成了祖先笼中温顺的家禽。还有麝、虎、鹿，以及许许多多的珍禽异兽，它们都乖乖地排着队一一奔来，匍匐在祖先的脚下，亲吻着祖先暖暖的肌肤。

在这战胜和驯服的过程里，祖先的经验丰富起来，祖先的道路宽广起来，祖先的天地高远起来，祖先的形象也完美、高大起来。他开始整夜整夜想念起一个女人。那女人是世上最温柔的、最美丽的，她能生儿育女，也能下地干活，头上的南瓜花开得黄灿灿，眼神似湖水般清澈，潜藏着温柔的笑意。祖先从人群中把她抢过来，娶她做夫人，从此，他们的子孙一代代繁衍开来……

至此，祖先的歌舞徐徐落幕，舞者依次退场。祖先生存与奋斗的全部过程，就这样浓缩在耕耘播种、收获喜庆的一招一式、一节一拍、一场一景中。这歌舞昭示和寓意的，不仅仅是祖先留下的五谷、丰收、家园，还有信念、意志及泥土与汗水淬炼的坚韧性格。尹吉甫呆呆地站着，他被这歌舞刺得眸子生痛，流下了滚滚的热泪。

万舞比赛开始了。比赛分为制式动作和自选动作两部分，制式动作又分武舞和文舞；自选动作自行发挥，自己编排舞曲。尹吉甫站在队伍中，随着鼓点的节奏舞动着，他的内心还被刚才的古歌舞震撼着，感动着，因而跳得格外有力，格外动情。他的热情，打动了场外那个衣袂飘飘，气质高贵，名叫仲姬的白衣女子。

最后，到自选动作了，尹吉甫是最后一个上场的舞者。随着鼓声响起，他缓缓抬起了手。在尹吉甫听来，这鼓声像是来自很远的地方，厚重、坚硬而雄浑，似乎插满了断剑残戟，又仿佛弥漫着黄沙和硝烟。山顶和云层，房屋，村庄，田野，都被鼓声一一掠过。

在动情的舞蹈中，尹吉甫想起了那些硝烟弥漫的年代，祖先为了捍卫自己的家园，用大刀、长矛、木棍、斧钺，左冲右杀，赶走了那些凶恶的敌人；在和平的年代，祖先寻找水草丰美的地方，开荒种地，成家立业，使民族繁衍壮大。

尹吉甫随着鼓声舞动。这激情的大鼓，在天地间狂欢，鼓面是莽莽苍苍的崇山峻岭，鼓槌是绵长悠远的赤子真情，槌上的绸子是炽烈滚烫的儿女深情。

终于，战争结束了，舞蹈转入劳动的场景：春种秋收，打猎捕鱼，砍柴推磨。那些走动的牛羊，疯长的庄稼，跳跃的鱼虾，茂密的植物，也都成了舞蹈的语言。这舞动的韵律，让人想起黑暗的夜晚，母亲在灯下劳作的身影；想起田野中，父亲持犁耕作的艰辛；想起墙根下，恋人约会时的甜美……

这是多么令人感动落泪的舞蹈！仲姬站在那里痴痴看着，一时间竟忘记了天地，忘记了自己。

马　车

阿佳等了半天，也不见尹吉甫往下讲，不由得急了，她摇摇尹吉甫的手，问道："那车毂呢？车毂是干什么用的呀？"

尹吉甫愣了一下，终于回过神来，接着说："车毂是马车上最重要的青铜部件。它不仅制造难度高，还要承受马车重量，同时也要轻便、灵活。车毂的好坏，决定着马车的整体质量和性能。车毂一般呈圆筒状，从内到外共分三层结构。"

两人走下马车，尹吉甫把阿佳带到车行摆放的车辆前，一一指给阿佳看。如果不是亲眼所见，阿佳真不敢相信，三千年前的西周人，已经发明、设计和铸造出这种结构复杂的马车部件！而且，既然有车毂，那就应该有润滑，阿佳问："青铜车毂采用的是哪种润滑方式呢？"

“当然是抹润滑油啦。马车是按规定标准生产和组装的，有严格的管理规范，不仅禁止随意制造和使用，每个部件还有一定的制造标准。都是由朝廷在经营管理，还有专门的维修机构。这些马车的结构还是挺复杂的，过来，我指给你看。”

尹吉甫指着一辆马车对阿佳说：“你看，车子的主要部件有轮、辀、轴、舆四部分。车轮是车的重要组成部分，也是车的核心部件，对车子质量的影响最大。车轮是车子接触地面的唯一一个部件，主要功能是实现车子的运转。为了减少车轮与地面的摩擦，有利于车轮的滚动，保证车轮的硬度非常重要，车轮在设计制作工艺上有着非常严格的技术标准，是整辆车设计制作工艺的重中之重。”

两人慢慢走到车边，吉甫指着车轮的部件一一给阿佳介绍：“车轮由毂、辐、牙组成。毂是车轮中心的圆木部件，毂的作用是使车轴与车轮相衔接，便于车轮的转动。毂上有榫眼，用来装置辐条，毂内有大孔，车轴贯穿两边。”

尹吉甫指着车毂让阿佳观察其木质，并介绍说：“毂在选材和加工时非常地考究，在不同的季节砍伐树木，要根据它们生长所处的向阳背阴的位置来决定。简单来说，就是仲冬斩阳木，仲夏斩阴木。要想使背阴的木材材质与向阳的一致，必须用火来烘烤背阴的木材，然后才能制毂，这样制作出来的毂耐用，不易变形。制作车毂所用的木材是榆木，这是因为榆木的材质坚硬，能够承受车的重量并经得起颠簸撞击。”

“辐是连接毂和牙的直木条。阿佳，你数数，这辆车的辐条数有多少根？”阿佳数了一下，一共是二十一根。

“也有的是二十二根。”吉甫接着说，“车轮是否坚固，主要是看车辐与毂和牙接部位的紧密程度，这是因为辐是受力和衔接的主要部位。在车轮的设计制作中对辐的设计、与毂和牙衔接部分有非常严格的标准。”

“牙是车轮接触地面的轮圈。揉制轮牙时，木材的一侧要用火来烤，使其形态弯曲。在烤炙的过程中，不会因为拉伸牙的外侧而使木材断裂。在制作时，通常把轮牙着地的一面做成凸鼓形，这样做的目的是减少车轮与地面接触的面积，降低车轮的磨损，使得车子在下雨天行驶时也不会沾上很多的泥水，并且还能增加车轮的使用寿命。牙的制作受到行车环境的影响。制作车轮时，行驶在沼泽地的，轮缘要削薄；行驶于山地的，轮牙厚度要一致，因为山地上多有坚硬的石头，在制作车子时，车轮的轮牙厚度一致才能保护辐毂。”

“检查轮子运转情况时，要注意观察轮圈是否周而复始地均匀接触地面。轮子在地面上滚动，轮圈越圆，人或者牲畜拉起车子来越能省力。”吉甫一边说，一边提醒阿佳观察路上留下的车辙。

介绍完车轮，吉甫把阿佳引到车前，指着车辕告诉阿佳：“这是辀，也叫车辕。牛车称辕，马车称辀；两根称辕，单根称辀。大车谓之辕，小车谓之辀。”

“辀有三度，轴有三理。车的辀有不同的弧度，不同等级的马驾的车有不同的尺寸。辀需要用火揉，揉的时候要顺木材的纹理，不能过度弯曲。辀过度弯曲容易折断。”

阿佳一边听，一边点头。吉甫接着指着车轴介绍说：“车轴是车的关键部件，是贯于两车轮的毂中并处于车毂外、连接两车轮的圆木杠。车轴上承载车舆，一般以圆木制成，中间粗，两头略细。车上大部分部件与车轴的安装都有着密切的关系。”

“轴的设计结构比较简单。轴有三理：一者以为嫩，二者以为久，三者以为利。嫩，是指轴要美，车轴的木理均匀；久，是指坚韧，因为车轴是承受车舆重量的部件，所以在选材上必须要求坚韧的材质；利，是指轴与毂的配合需要既圆滑又紧密，有利于车轮转动，车子能平稳、快速地前进。

“舆，也叫车厢，是车子的荷载部分，通常呈矩形，前后较短，左右较长。小型的车厢可以乘载两三人。车厢后面开门，人由此上下车。车厢多用四根方木做成底架，这四根方木称作‘轸’，四面装有围栏叫作‘軨’，车軨前面用作扶手的横木叫‘轼’。

“除了这些大的部件，马车上还有一些相关的配件，比如保护轴和减震的‘伏兔’、帮助车辆前行的皮带‘靳’、放在马的口腔内部的‘衔’以及系在马额头的饰件‘当卢’等等。你看，这当卢戴在马头，如同花钿之于美人，是不是让马儿显得更加漂亮啦？”

“漂亮是漂亮，不过这马车的结构也太复杂了吧！”幸亏是看着马车现场讲解，要不自己肯定会头晕，阿佳在心里想。她突然想起《诗经》里面“百两彭彭，八鸾锵锵”两句，边念边问吉甫：“诗里记载的就是车队出发的宏大场面，对吧？”

吉甫微笑着点了点头，继续领着阿佳参观。他们来到了另外一列马车前，这列马车和前面的马车有着明显的不同。

吉甫告诉阿佳："这辆车是兵车。按车的用途，主要可以分为乘车、兵车、运输车和丧车四大类。

"乘车主要是为了人员乘坐而设计，又因为车主品爵的高低衍生出多种等级。乘车的最高等级为路，有玉路、金路、象路之分，玉路是天子参加国家祭祀等重要政治活动时所乘坐的车子，金路为天子会宴宾客、封赐同姓诸侯时所用乘坐的车子，象路为天子上朝和封赐异姓时使用的车子。

"除了天子所乘的路车外还有官员办事所乘的官车，叫作'服车'，分为'夏篆''夏缦''墨车''栈车''役车'。其中夏篆、夏缦、墨车三种车为乘车，栈车、役车为载人装货的两用车。在周的礼制下，等级不同，乘坐的车是不一样的，卿乘夏缦，大夫乘墨车，士乘栈车，庶人乘役车。

"兵车也称为戎车、战车、军车。兵车的最高等级是路，即革路，有时也叫戎路。革路之下有广车、阙车、苹车、轻车。广车是指车厢左右较宽但是进深比较浅的车。阙车是一种畜力车，是为了弥补防御缺口而制作的战车。苹车在车厢的三面都装备了板甲，使得车子的自身重量增加，在作战中主要被用作为屏障。轻车是一般的战车，在战场上是冲锋陷阵的主力，又称为驰车。轻车最大的特点在于轻快便捷，适合在战场作战中用于攻击。”

马车的学问可真多，阿佳今天算是大开了眼界。夕阳西下，两人坐着马车回府去了。一路上，阿佳还兴致勃勃地问长问短，吉甫看到阿佳如此感兴趣，告诉她，明天再带她去看更好玩的。

看到吉甫一点儿也不因为贬官生气的样子，阿佳好几次话到嘴边又咽了下去。心想，管它的，贬官就贬官，出去采诗比待在京城还更有意思些，只是《诗》已经找机会还给了吉甫，但怎样开口问“思无邪”灵符呢，阿佳还是没有想好。

第一站

三月多雨，不知道什么时候，外面飘起了密如牛毛的春雨。马车在山路上踽踽独行，便添了一丝荒凉的味道。车上无事，尹吉甫便将阿佳揽在怀里，给她讲述起周朝的故事。

周的祖先叫后稷，也叫弃。据说弃的母亲名字叫作姜嫄，她是帝喾的妃子。有一天她外出，看到一个巨人的脚印，觉得有趣，所以就到上面去踩了踩，刚刚踏到拇指的地方，便感觉精神上受到震撼，回来不久就怀了孕，生下来一个小男孩。这个孩子就是后稷。

由于来历不明，后稷一出生便受到各种严峻的考验，他被丢弃到小巷里，牛羊却来给他喂奶；他被扔到山林里，却遇上樵夫将他救起；寒冬腊月，他被抛到冰河之上，却有大鸟飞来，张开翅膀温暖他。大鸟飞走了，后稷这才哇哇啼哭，声音悠长又洪亮，路上都能听见他的哭声。哭声传到母亲的耳朵里，看到婴儿被屡次抛弃又反复被神异的力量救护，姜嫄意识到这孩子来到世上是上天的旨意，于是把他带了回来，并给他起名“弃”。

弃从小就喜欢农艺，长大以后教人们栽种五谷的方法，因为善于种植庄稼，舜帝封他为主管农业生产的农师。弃不负众望，顺利地完成了任务，舜帝于是把邰地奖励给他，这样周族有了自己的第一块地盘。

周人在后稷时代，农业生产水平不断提升。后稷善于选种育苗，并懂得用除草等精耕的方式保障庄稼的良好生长，后稷基于丰厚的农业收成，在邰地建立家室，生息繁衍。后稷的农耕之道得到整个周人族群的效仿。

但是，这一情况在后稷的子孙不窋时发生了改变。由于气候恶化和外敌入侵，周人迁到了陇东，也叫北豳。不窋发现这里有优越的自然条件，黄土层深厚，平原山川兼有，大地平坦广阔，气候温和，雨量丰沛，非常宜于农耕，是发展农业生产和安居的好地方。同时这里是陇东地区，比较安全，可以安心种地。于是率领族众在此安定下来。恪守祖训，勤于耕种，以德立身。他的儿子鞠陶也继承祖辈遗命，积极开拓疆域，发展农牧业生产，建设城镇村落，兴修水利消除洪水之患。豳地很快繁荣兴盛起来。

更让鞠陶高兴的，是他得到了一个宝贝儿子，一个可以继承周人事业的公刘。那是阳春三月的一天夜里，人们忽然发现鞠陶所住的村庄，忽然满庄起火，红火照亮了数里山川。附近村子里的百姓都从四面八方跑来救火。可是，当人们纷纷奔到村庄院落时，火焰红光突然没有了，满院一片寂静。就在大家正在纳闷称奇的时候，在窑洞里，突然传出了小孩子的哭声——公刘降生了。喜讯传出，村里村外一片欢呼声，人们杀鸡宰羊，提着礼品前来祝贺。这时鞠陶正领着一群人在陶洞里烧陶器，熏得满脸是黑。当他听到孩子生了时，连脸都没顾得洗就跑回家。人们看见他满脸是黑，都笑话他。鞠陶说："你们笑什么？这是喜色，吉庆之色呀！"人们听了就都跟着互相往脸上抹起黑来，以表庆贺之意。

经过祖孙三代的不懈努力，到了公刘时期可以说是兵强马壮，粮草充足。已经完成原始积累的公刘准备带领他的部落开始移民，寻找一个更加适合发展的地方，哪里才是他们新的乐园呢？当时，公刘部落的活动地点刚好是戎狄活动的交界地点，不管是向西方的戎人聚集的地方发展，还是向北方狄人聚集的地方发展都是比较困难的，而南部地区是高山峻岭不适应农业生产，因此东方成为公刘开拓殖民地唯一的出路方向。

时间转眼又是百年，很快到了古公亶父这一代，古公亶父继续着祖先的伟业，还娶到了太姜。古公亶父带领族人向南迁移，翻过梁山直奔邰地长征而去。

有一天，他们来到了一个地方，再也走不动了。恍惚间古公亶父听到了凤凰的鸣叫声，定神一看这里南接秦岭，北枕千山，中为广阔平原，地势自西北向东南倾斜，南北狭长，东西较窄，境内山、川、塬皆有，渭河、渭水穿境而过，形成了“两山夹一川，两水分三塬”的地形地貌特征。境内土壤肥沃，资源种类繁多，物产充裕丰富，非常适合农作物生长。古公亶父的脑海里面响起一个声音，这就是邰地，舜帝赐给祖先后稷的地方，这么好的地方就在这里安家吧。

其实，这里并不是后稷的封地邰地，而是另一个四周有山中间是平原的地方。之所以称为岐山，是因为后来古公亶父明白他们要去邰地还要向东几百里，这里不是正途，是歧途，走岔了，所以称为岐山。古公亶父累了，在凤鸟的吉祥歌声里面，感觉到上天让他和族人在这里休养生息。于是他将自己的大本营安置在了这里，取名周。

古公亶父率众到达周原后，按照商朝都城的样子建筑了城墙和房屋，分别作为京邑与村落。他们在城中建了宗庙，定法度，设官署，一时间，周原便呈现一派祥和鼎盛的景象。附近的各个小部落，听闻古公忠厚爱民，纷纷前来归附，一个崭新的小国诞生了。

周国渐渐富裕起来。适婚的儿子季历娶到了来自商朝的美女太任。她怀孕后目不视恶色，耳不听淫声，口不出傲言，生下神童昌。昌天庭饱满，地阁方圆，而且一生下来就聪明异常，颇有伟人气质和王者风度。太王古公亶父对姬昌这个有圣瑞的孙子另眼相看，宠爱有加，有意要将周家的天下传给他。太王曾传言："我世当有兴者，其在昌乎？"

"姬昌后来果然不负祖望，从父亲季历手中接过权杖，与太姒结婚生下几个儿子，其中一个是开国皇帝姬发，一个是天才姬旦，文韬武略，兴邦定国，名留千古。"尹吉甫终于把这个漫长的故事给阿佳讲完了。

在漫长的故事中，车辆已到岐山。尹吉甫带着阿佳下车观看，只见岐山脚下城墙耸立，池水环绕；城里房屋成片，庙宇轩昂，街道纵横交错，马路四通八达；城外村落处处，茅屋群集，良田万亩，阡陌有序，沟洫井井有条。处处呈现欣欣向荣、生机勃勃的景象。

第二站

天空湛蓝如洗，白云仿佛一缕缕轻烟，雨后的青草、绿叶、花朵的颜色更加明艳了，上面还凝着晶莹剔透的雨珠。

春水如烟，竹桥带花。马车达达行驶在官道上，不知不觉间，竟到达了陈国。陈国的东门，曾是尹吉甫和仲姬热恋的地方。故地重游，他的脑海里不由得浮现出当时的一幕幕画面。

那是周宣王三年春，尹吉甫和仲姬认识的第二个年头，尹吉甫接到南征的命令，赶到卫宫，完成了战前的祭祀活动，然后随南征主帅孙子仲从漕邑挥师，南下平陈宋。在夏秋之际，尹吉甫随部队驻防陈城。

一日，尹吉甫巡视完毕回到营地，冷不防听到背后有人唤他的名字，是熟悉的声音，是他朝夕牵挂的人！

尹吉甫转过身面对仲姬，抬起她的下巴，只见她那带笑的脸上竟然满是泪痕。原来，仲姬知道尹吉甫到这里驻防，不远千里，赶来与他相会。两人都无比激动，一时竟说不出话来。

热恋中的人儿啊，那幸福的滋味真是难以言说。每天，尹吉甫出去就盼着巡察赶紧结束，时间赶紧到黄昏。一到黄昏，他就心急火燎地赶往东门，那里是他和仲姬约好的相会地点。

那一天，尹吉甫急匆匆地跑到僻静的城门角落，以为仲姬早就等在了那里，心怦怦乱跳，又激动又期待。可是跑过去一看，蒙了，没人影儿。左转右转都没看见人，急得他像热锅上的蚂蚁，在角楼四周走来走去，不时伸颈眺望，一筹莫展。他在心里把前一天两人在一起时的情景从头到尾过了一遍。为何娴静美好的女子迟迟不肯来？是我哪里说错话让她生气了吗？还是她被什么事情绊住了脚一时半会儿来不成？尹吉甫的心里像团乱麻。

其实刚才不过是仲姬对尹吉甫开的一个玩笑，她早就来到了角楼里，悄悄躲在一边。看到尹吉甫见不到她的着急样，她既忍俊不禁又心疼不已，终于走了出来。

尹吉甫看到姗姗来迟的仲姬，立即喜出望外，更让他惊喜的是，仲姬送给他一把红管草。这是仲姬今天在山上游玩时亲手采摘的。

物微情重，送什么不重要，重要的是所表达的情感。仲姬送的东西，是纯美清新的自然之物，让尹吉甫满心欢喜。他不知道怎样表达内心的激动欢欣，只是抱着红草赞叹道："彤管有炜，说怿女美！"

活泼调皮的仲姬又从背后抽出手，递给尹吉甫一把白茅草。她从牧场过来，顺手摘下了草地中楚楚动人的嫩草。尹吉甫拿在手里，感觉到草上还带着仲姬手中温热的体温，洁净的香气。尹吉甫连声赞叹这草"洵美且异"。仲姬不满意了，她噘着嘴巴，脸一扬，故意赌气问道："草美，意思就是我就不美了吗？"

美人不高兴了，那可不行，尹吉甫赶紧对着手中的草说道："匪女之为美，美人之贻。"原来，我不是说你们美，是送我礼物的那个人儿才美呢。听见尹吉甫直唤手中的草为"汝"，对着草儿说话，仲姬忍不住"扑哧"一声笑了。

可惜，这样的美好日子没有持续多长时间。仲姬的行踪被父亲知晓，远离闺阁的她被勒令北归回家。于是，热恋故事又增添了长距离追踪、海誓山盟、依依惜别和相思相恋的情节。尹吉甫吟着当时颇为流行的调子："出其东门，有女如云。虽则如云，匪我思存。缟衣綦巾，聊乐我员。出其闉阇，有女如荼。虽则如荼，匪我思且。缟衣茹藘，聊可与娱。"那调子里藏着尹吉甫对仲姬的一往情深。可是，深情的尹吉甫和仲姬，最终能走到一起吗？

第三站

在暮春的飞花里，阿佳和尹吉甫乘坐的马车驶出陈国，上了宽敞平坦的鲁道。看到鲁道这样宽敞平坦，阿佳觉得很惊奇。

尹吉甫告诉她：“周王朝在各地都有分封诸侯，设置军事据点。为了巩固统治，方便传达命令和诸侯觐见朝贡，周天子建立了以宗周为中心，通达四方各国的道路。”

“周代时的道路有五等：小路为‘径’，只能容牛马；大一些的为‘畛’，可容大车行走；大路为‘涂’，可容乘车一轨；再大的为‘道’，可容乘车二轨；最大的为‘路’，可容乘车三轨。这里说的一轨为八尺。”

“那我们现在走的这条道，应该就是‘路’了吧？”阿佳问道。

尹吉甫点了一下头，继续说：“是的。后来，周王朝在国都镐京和洛邑之间修建了一条大道叫作‘周道’，又称为‘王道’。这条大道宽广而平坦，除王道而外，周朝还修了通往大诸侯国的通道。从洛邑通往鲁国的路，称为‘鲁道’。也就是我们现在正在走的这条道路。”

尹吉甫指着马车外面的道路给阿佳看。马车不停地向前行驶着，车外的景物依次向后退，阿佳仿佛在看一场旧年的老电影。

过了一会儿，尹吉甫又对阿佳说：“我们快要入城了。西周初年周公旦先是辅佐周武王，后又辅佐周成王东征灭掉了叛乱的奄国，受封于奄国故土，由于周公旦要留在镐京辅佐周天子，于是让自己的长子伯禽代为赴任，并沿用周公初封地‘鲁’的称号建立了鲁国，定都曲阜。

“伯禽出发之前，周公旦告诫他应该谦恭下士，不能因为傲慢而失去民心。伯禽到达封国之后，把曲阜作为自己封地的都城，然后依照周的制度、习俗来进行治理。因为要去除当地的旧习俗，年幼的伯禽前前后后用了三年时间才完成了初步的稳定，然后返回成周报告政绩。而鲁的邻国齐却只用了五个月就返回成周报告结果了，这是因为齐国采取了和鲁国完全相反的政策。齐国的封君简化了周的制度，并依照当地风俗来治理封国，于是很快地稳定下来了。周公旦因此认为鲁国将来会不如齐国，因为它的政策不如齐国让人民感到方便近人。”

“那周公旦说对了吗？”阿佳有些好奇地问。

“也许是这样的吧。但伯禽在位四十余年，坚持使用周礼治理鲁国，又加上成王赋予了鲁国‘郊祭文王’‘奏天子礼乐’的资格，鲁国因此在立国之初就奠定了丰厚的周文化基础，成为典型周礼的传承者，世人称‘周礼尽在鲁矣’。”

马车驶入都城，尹吉甫带着阿佳去感受鲁国的周礼去了。

第四站

这一日，阿佳他们一行来到了韩城。尹吉甫的情绪也变得昂扬起来。他绘声绘色地给阿佳讲述韩侯的故事。

韩侯非常重视礼节，按期到都城觐见宣王。周宣王非常高兴，对他说："继续你祖宗的功业，不要荒废了法令。好好地完成你的任务，好好治理你的属地，以准备将来要举行的大战事吧！"宣王赐给韩侯丰厚的礼品：有印着美丽龙纹的旂帜，有显示他疆域的版图，还有用竹席所编制的精美的车篷，以及绘有文彩的衡木，黑色的衮衣，赤色的厚底鞋子，雕刻的当卢，皮革所制的轼，轼上还盖着浅毛的虎皮，还有皮革所制的辔首，衡轭的末端还以五金装饰着……

韩侯接受了宣王的命令，然后意气风发地出了镐京。在往回走的路上，朝中的公卿都来为他饯行，送行的宴席摆满了美酒佳肴，鱼肉鲜嫩，蒸鳖味美，春笋白嫩，香蒲甘脆。他们开怀畅饮，醇香的美酒喝了一杯又一杯。临行时，一些德高望重的老人又赠给韩侯四匹高大的骏马，一辆华美的路车。

韩侯的名声也为他赢来了一门漂亮的婚事。周卿士蹶父经过考察，认为韩侯有能力、人品好，把自己的女儿姞，嫁给了韩侯。他认为天下没有比韩国物产更丰富的地方，天下最快乐的地方非此地莫属。韩侯有着异于常人的治国能力和品德，女儿嫁给韩侯，一定能享受到终生的幸福。迎亲的仪式盛大而又庄严，只见百十辆车子嘭嘭作响，八百个鸾铃都叮叮当当，随嫁的女子多得就像一片片云彩。

韩城真是个好地方啊，川泽宽大，鲜鱼肥美，麀鹿众多，草木繁盛。这么好的住处，姞当然乐得安居。由于先祖的荫庇，韩侯受命管辖这里各小部落，让他来当这些小部落的首领。他修城池，筑沟渠，治田亩，定户籍，管理得有条有理，人们乐而共诵《韩奕》："奕奕梁山，维禹甸之，有倬其道。韩侯受命，王亲命之：缵戎祖考，无废朕命。夙夜匪解，虔共尔位，朕命不易。榦不庭方，以佐戎辟……"

第五站

眼前就是卫国了。“不见复关，泣涕涟涟。既见复关，载笑载言。”尹吉甫念着诗，心潮起伏。往事历历，每一件都让人刻骨铭心。

那是在一处草木葱茏、仙雾缭绕、峭壁陡立的山谷中，一位世外奇人就居住在这里，他名叫异。异知日月星相，善兵法谋略，通游学杂说，精养生之道，据说他的年龄已过百岁，但依然鹤发童颜，神采奕奕。

异座下有数名弟子，逢讲学之日，弟子从各处赶来，从一架木梯攀至一个陡峭的高台上。这高台一侧立着一间用木材和茅草搭成的草堂，草堂内是异修身养性的地方，堂前则是他讲学的场所。

异讲学善启发，他经常让弟子各抒己见，谈论天下大事，研究经国之术。吉甫便是异座下的一名弟子，那时大家都叫他的小名兮甲。吉甫敏慧好学，深得异看重。

有一天，异对吉甫说："近日晚间，有几只老鼠总在为师枕边磨牙，害我睡不好觉。你告诉其他师兄弟，每天晚上轮流到我寝室值夜驱鼠。今夜便由你开始吧。"吉甫当即传令下去。当夜他便来到草堂为老师守夜。

夜深了，异躺在睡榻上，一副熟睡的样子。

吉甫坐在离睡榻几步远的一块席垫上，全神贯注，侧耳细听，生怕老鼠跑出来打扰老师睡觉。

异翻了个身，睁开惺忪的眼，看了看认真值夜的吉甫，问道："兮甲，你在干什么？"

"弟子在为先生守夜驱鼠。"吉甫回答。

"那你可看到老鼠出没？"异问道。

"未曾看到。"吉甫老老实实地回答。

异又问："那你就没有怀疑老夫的话有假？"

吉甫摇摇头："先生怎么会在弟子面前说假话呢？"

异招了招手，让吉甫坐到自己跟前，然后从枕边拿出一只木匣递给吉甫："打开看看。"

吉甫打开木匣，里面放着一卷简册。

"兮甲，这是为师多年总结写成的兵法。为师怕当众传你会招人忌恨，特命你夜间值守，以便将简册上的兵法传授于你。”异看着吉甫的眼睛说道。

“先生为何不将兵法传给其他师兄弟，而独传我一人呢？”弟子中间早就传言异有一卷兵法，是其数十年的心血，十分了得。今日听师父说要单传自己兵法，吉甫既高兴，又有些不解和困惑。

“兵者，刃也。用之善，将利于天下，用之不善，将为害天下。为师须择善而传之。”异正言道。

“是。弟子多谢先生栽培！”吉甫双膝跪地，向异叩拜。

从此，每当吉甫值夜，便随异学习兵法。秋去春来，吉甫已将兵法烂记于心。那一日，异将吉甫叫到跟前，说：“兮甲，你可以下山了。”

吉甫不肯，说：“师父，您这是要赶弟子走吗？弟子虽能背兵法，但尚不能灵活自如运用，还得跟着老师继续学习啊！”

异沉默片刻，道：“为师也不舍你离去，但大丈夫总是要出去建功立业的，况且在实战中，你才能将知识越用越灵活。你去外面崖上采一枝山花来，让为师为你占一卦吧。”

听见师父这样说，吉甫只好出门来到山崖前。他看见崖上有一丛黄色的菊花，便采了一枝拿在手里。回到草堂，呈给异，说："师父，请用这花为弟子占一卦吧。"

异接过吉甫手中的菊花，看了片刻后说："好，就用这枝菊花。"然后把菊花递给吉甫。

吉甫看案上正好有个空瓶，便将花插入了瓶中，然后端坐到异身边。

异指着瓶中的菊花对吉甫说："此花生性耐寒，经风霜而不败，预示你今后会遭遇一些挫折，但不会消磨你的意志。此花被供于案上瓶中，预示你将来会成就一番功名，受世人敬爱。此花的花瓶以青铜铸成，与钟鼎同类，这是昭示你将来会威震天下，名刻钟鼎。望你谨记为师的教诲，去山下施展你的抱负吧。"

吉甫依依不舍地含泪拜别师父，下山回到了卫国。正是异的兵法，助吉甫成就了大业，在平陈宋、征西戎、伐猃狁等战事中立下大功，受到周宣王嘉奖，并被宣王封为尹氏，尹吉甫的"尹"便由此而来。

也是在卫国，吉甫通过万舞大会，正式结识了仲姬。

那是在宣王二年，卫国在都城沬邑举行万舞大会，吉甫在万舞大会上显出了他的才华，被卫厘侯赏识，派他为浚邑的良人，传达命令和主持礼乐，从此开始了他的事业。

万舞大会后，卫厘侯大宴众宾，吉甫也在其中。卫厘侯还邀请吉甫教族中子弟习舞，仲姬也跟随学习。两人只相处了短短几日，便从心底喜欢上了对方。吉甫学识渊博，待人宽厚，举止有礼，仲姬暗下决心，非吉甫不嫁。仲姬美貌多情，温柔纯淑，吉甫遇此佳人，自然喜不自胜。

但在后来的日子里，吉甫奉命四处出征，辗转作战，与仲姬聚少离多，时时忍受相思之苦，直到宣王六年，北伐猃狁南征淮夷皆获成功，吉甫参加了庆祝胜利的祝贺典礼以及宴乐等活动后，方得回卫国与仲姬相见，那年十月，一对恋人终于喜结姻缘。

然而其后的日子，却又是悲欣交集，难以言尽。周宣王十三年，吉甫和仲姬由自由恋爱到共结连理的婚姻，最终经不起世俗的种种阻挠，竟至分钗破镜，鸾凤分飞。爱妻仲姬出走，与前一个妻子所生的儿子伯奇投井，最终只留下一个襁褓中的小孙女阿佳……

回忆往事，一桩桩，一件件，均历历在目，吉甫内心泛起一阵阵波澜，他忍不住搂紧了坐在身边的小阿佳。

聚　会

听说吉甫回了老家，族中亲人兴奋异常，纷纷设礼款待，阿佳跟着吉甫，每日在各亲族处轮流享用。到了这一日，吉甫准备回请族人，特意举办了一场丰盛宴席。

这是洋溢着浓浓亲情的大型家族聚会，形式各样的餐具摆满了餐桌。空气中弥漫着炖肉、烤肉、黍米、黄米等各式各样的香气，让阿佳辛苦地忍耐着想要流出的口水，她远远地看着那些盛满了美食的餐具。

一只瓷尊落入阿佳的眼帘，这瓷尊上下均呈圆形，口部和底部都给人一种圆融流畅的感觉，瓷尊肩部、颈部和腹部的线条极其柔和、匀称，让阿佳望之便不自觉地心生喜悦融通之感。

原来，夏、商、周是我国古代历史上著名的青铜时代，而当历史发展到西周，青铜时代达到顶峰。与此同时，传统的陶器作为人们日常生活中使用的器物却并没有默默无闻地被覆盖在青铜文化的光环之下，恰恰相反，西周制陶在吸收、传承前朝制陶工艺的基础上，又巧妙地借鉴了青铜器的制作工艺进行创新，进而生发出一番别样的光彩。

西周王朝是一个尊敬祖宗、崇尚道德的时代，社会各个方面秩序井然，礼乐教化中和、沉静、肃穆，富有节制而又和谐，人民温文尔雅，淳朴自然，性情淡定而笃静。作为思想领域的西周礼乐文化表现在陶器中，便形成了一种端庄、圆满的丰盈之美。放眼望去，阿佳发现这些食器大多以圆形为主。原来，在西周人的思维意识中，圆是世间万物生生不息、千变万化的根源，圆形意味着流畅、和谐、婉转以及完美，所以西周的陶器造型设计都鲜明地体现出一种推崇圆形，追求圆满的风格。他们在设计陶器的造型时力求方方正正、齐全完整，避免出现奇奇怪怪、残缺不全的造型。尽管西周的陶器造型没有商朝瓷器中内蕴的霸气，神秘感与张扬的激情，但它淡定、笃静的造型中却散发着一种圆满丰盈的美丽，这是一种清新、明丽、典雅的造型风格，表现出淳朴、务实、内敛、适度以及质朴的美感。

瓷尊上的线条吸引着阿佳的注意力，她看见在瓷尊的肚子和颈口处绘着流动的线条，那线条像翻卷的水波，又像飘浮的云朵，但又不是简单的写实，圆润饱满的曲线与静列的几何纹样相互联系，生发出既平淡质朴，又有典雅动人的韵味。这是一种线条的写意，蕴含高度的抽象性和象征性。在西周陶器上面刻画的几何纹饰主要有圆圈纹、勾曲纹、回纹以及绳纹等，这些纹饰大多都是西周人在商朝写实性动物纹饰的基础上，根据纹饰的形式规律，加上自己的合理想象，参照时代的审美要求，融自然物象和情感体验于一体，采用夸张、反复、循环以及颠倒的艺术手法，抓住线条神韵创造出来的，这些高度概括的抽象性几何图案圆润饱满、静中含动、均匀柔和、自然流畅，改变了商朝那种狰狞、恐怖的纹饰基调，平添了几分西周人民独特的温和情感，体现出西周陶器特色的纹饰之美。

在西周时期，陶器不仅仅是日常生活需用的器物，更是西周人思想文化表达的具体载体。西周人受上古时期阴阳五行观念的影响，善于把握宇宙内在的规律，理解哲学中的对立和谐统一法则，他们的这些思想表现在陶器造型和纹饰上，就是几何图案的抽象性和艺术性，是节奏和韵律，是对比和调和，是对照和呼应，是条理和反复，是变动和复合，他们将陶器造型规范化、流程化的前提下，充分调用点、线、面等各种因素，运用高超的变形艺术使其和陶器的主题完美结合，成为和谐而统一的整体，形成端庄大方、圆满柔和的风格，表现出独特的审美情趣和生活体验，达到了自然、流畅、意味无穷的境界。

看着眼前这些造型端庄大方、线条流畅柔和的器具，阿佳想起了她在现代生活中曾经打碎了家里一只装糖的陶罐，又想到了后来家里买回来的各种不锈钢盆和碗，虽然结实耐用，但和眼前的陶器相比，却少了几分美感。时代的发展应该蕴含着对美的更高追求，当实用和美发生冲突时，究竟该如何选择呢？阿佳不由得陷入了沉思。

“阿佳，快过来！”

阿佳抬头一看，原来客人正陆续到来，爷爷让她过去迎接、行礼。

肥美的小羊已经炖得烂烂乎乎，香气四溢的美酒，冒着热气的米饭，各式各样的美味菜肴一一被端上来，长辈和亲友开始陆续入席。乐工手持各种乐器进场了，在《鹿鸣》《四牡》《南陔》《白华》《华黍》等乐歌中，被请的长辈们由年轻人悉心照顾着，一样一样地细细品尝面前的美食。

看到老人被细致周到地照顾着，阿佳的内心很感慨。她想到在现代社会中，人们对尊老似乎已经不那么重视。小孩子成了一家人关注的重心，一切都围着孩子转。有些老人不但得不到应有的照顾和尊重，有的甚至会受到不肖子女的虐待。

尊敬老人，应该是一个社会文明进步的表现。西周是我国思想文化和礼乐制度发展的鼎盛时期，在西周，有一套尊老养老的完整礼仪体系。尊老敬老是学校教育的重要内容，每年会举办各种有关尊老养老的活动，如天子视学、乡饮酒礼、射礼等。

天子是尊老敬老的第一践行者，周文王就是因为“善养老”而有天下。到大学视学时，周文王虽然贵为天子，仍然要袒露着上身，替老者分割牲体，拿着酱碟向老人献食，端着酒杯向老者劝饮，甚至还要戴着礼冠持着盾牌以表演歌舞的形式让老者开心。射礼活动中也有尊老养老的内涵，射箭者优胜者被赏赐美酒，但他们往往推辞不饮，将美酒让给在场的年长者。在乡射礼之前要先举行乡饮酒礼，因为射箭是勇武壮力者有优势，老人处于劣势，为了不使勇武壮力者僭越自己在长幼序列中的地位，让他们随时想到尊长养老，因此射礼前要先举行乡饮酒礼。

西周因为有一整套尊老养老的礼制，社会风气良好，秩序稳定。“得人心者得天下”，尊老便是“得人心”的一条重要措施。“民知尊长养老，而后乃能入孝弟，民入孝弟，出尊长养老，而后成教，成教而后国可安也”，尊老养老是关系到国家长治久安的大事。

尊老敬老是中华民族的传统美德，几千年来深深植根于中华民族的血脉之中，是中华民族传统文化的重要组成部分。怎样才能让这些传统美德继续传承、发扬光大呢？阿佳一边品尝美食，一边在脑海里胡思乱想着。

“来，让我们一起满饮此杯！”

听到吉甫的提议，大家都举起了手中的酒杯。

阿佳细数眼前丰盛的宴席，只见美酒盈樽，佳肴满桌，一排排笾豆排列有序，装满各种干鲜果品、肉酱腌菜。吉甫准备的丰盛美食，已经超出了享受美味的意义，更体现出他对家族亲情的无比重视。通过吃一顿饭，让家族内部更加团结友爱，让家族成员之间更懂得以礼相处，检验出主宾的素养与品德。约束礼仪道德，滋养家族的温情，这才是吉甫想要达到的目的。一个人，不管职位有多高，都不能忘记家族的根脉，他自己就是主脉上分出的一条支脉，他要用丰盛的美食和严谨的礼节，维系家族大树的繁茂，让家族兄弟们牢牢地团结在一起，共同撑起一树绿荫。

宴席还在进行着，席间，敬酒声、祝福声、乐工们演奏的乐音声、仆人送酒传菜的脚步声、人们碰杯交盏的碰撞声，甚至林间虫鸟的喧闹声……种种声音混杂在一起，让阿佳进入了恍惚迷醉的状态。

阿　乔

清晨暖暖的阳光照进山岗上。鸡鸭醒来了，牛羊醒来了，村子也渐渐醒来了，有村民挑着木桶来到村头的溪水边。清脆的鸟鸣声此起彼伏。曲折的山谷便显得更加幽深了。

阳光朗朗地照着，山岩和水，草地和灌木丛都闪闪发光。在草坡边缘，灌木丛的阴凉下，蘑菇开始破土而出。那是表面混杂着枯枝残叶、草根地衣的疏松沙土。尖尖的蘑菇帽顶开了沙土和落叶，露出了一只又一只灰白色的帽子，它们无声而坚定地用力向上拱，终于抖落掉身上的枯枝败叶，撑开了小伞，完整地站立在地面上。星星点点的光斑从灌木枝叶间挤进来，扑到小蘑菇身上，互相追逐着、嬉闹着，风吹过，光斑在伞盖上跳起了圆圈舞，小蘑菇轻轻摇摆，特殊的香味也随风四处飘散开来。这是来自大自然的馈赠。

尹吉甫和阿佳在卫国乡村转悠，意外遇到了阿乔，阿乔是一名采诗官。阿佳与阿乔一见如故，便央求尹吉甫让她在阿乔这里玩几天。吉甫同意了，答应过几天来接阿佳。

那一晚，在昏黄的油灯下，阿乔揽着阿佳的头，给她讲述自己的故事，她的思绪已经飞到了很远的地方。是啊，故事要从什么时候说起呢。那时，阿乔还是一个年轻的女子，心灵手巧，在刺绣工房学习刺绣。

最初的时候，阿乔的工作是给绣女们穿针。她跪坐在案桌前，案桌上整齐地摆放着各种绣线，绣线的种类有纯棉细绣线、纯棉粗绣线、合股线、麻线、丝线、毛线、金银线等。阿乔喜欢用作装饰的金银线，亮闪闪的，但是这种线绣起来很不好掌握。

成百上千根粗细不一的针插在小软枕上，每一种线都有对应的或粗或细的针。绣女的工作从出针开始学习。在透明的丝绢布面上，要绣制美丽的图案，这些图案有时要用到金银线，这时，不能把衣物的局部绷到绣绷上，因为那样布料会被抻坏，只能按衣物的实际大小做绷子。

花绷子从形状上分有方形和圆形。从材质上分有木制和竹制。圆形刺绣，首先应注意根据图案的大小来选择花绷子，如果图案过大，那就应分成几部分来做。一般图案面积占花绷子面积的一半即可，要把绷子上紧、上平，这样绣出的花才能平整不走形。

绣女的视野和臂长只够伸到衣物边缘最多四十厘米的地方，如果要在衣物的中央绣图案，绣女必须站立起来，并且需要借她人的手来出针。这时候，一般是在大绣花绷子下面放一块垫子，出针的女孩整个人平躺在垫子上，脸放在要绣的那片图案正下方。

当上面的绣女把针穿到下面，女孩就在下面接住穿下来的针，然后，等绣女用稍粗一点的针在丝绢上扎个眼，为她指出把针穿回去的正确位置，两人就这样配合，直到把这幅图案绣好。这是一项非常辛苦的工作。因为胳膊需要长时间向上抬着，而且还必须时刻保持注意力集中。阿乔由于身材娇小，通常是躺在地上的那一位，因为胳膊长时间上举，忙完一天后，阿乔常常累得抬不了手，但她从来不叫苦叫累。她的内心是喜欢这份工作的。很快，她的手艺变得炉火纯青。她甚至不需要上面绣女的指引就能把针分毫不差地穿回去，并且，阿乔还发明了新的针脚和绣法。她成了刺绣工房里的宠儿。

掌管绣房的阿莲格外偏爱阿乔，说她是将来能在绣房主事接班的人选。阿乔内心特别喜欢阿莲。对阿乔来说，阿莲同时集合了父母、姊妹、恋人的全部爱与柔情。她高而瘦，动作灵活而优雅，肤色白皙，眼珠漆黑而带着柔情，目光有穿透力，更透露出深深的睿智。她的性格很平和，待人处世，让人感到很舒服。她负责的绣房里，大家都处得很亲近。

阿莲对阿乔也是偏爱的。有时候，她领着阿乔到后院去散步，拉着阿乔的手，阿乔可以把手挂在她的腰上，那是阿乔觉得无比幸福的时刻。她会和阿乔讲一些知识，并且尽量用阿乔可以理解的方式来讲解。阿乔能感觉到阿莲对自己的偏爱，学得很用心、很快，这使得她们的感情更加亲密。

阿莲会悄悄给阿乔一些小玩意儿，一只绣囊，一块绢巾。阿乔都细心地收藏起来。在散步的时候，阿乔有时也会摘下美丽的小花朵，放在阿莲的手心上，让她装进衣袋里，这是她们两人的秘密，她们心领神会，相视而笑。阿莲身体瘦弱，阿乔总是担心她的健康。果不其然，没过多久，阿莲病了，躺在床上，为了让她开心，不善言辞的阿乔甚至开始在内心编造故事，以便看望她时可以讲给她听，让她更开心一点儿。但阿莲的身体一直没有好转的迹象，她的家人接走了她。阿乔失去了身边最亲近的人，她也变得郁郁寡欢起来。

直到那一天，绣房里有了一种不一样的气氛。原来，绣房接到了一项工程，她们要为当今大王绣一件冕服。这是一件非常神圣的工作，绣房的所有姑娘都倍感荣光。

帝王的衣服是非常讲究纹饰的。帝王的礼服上会绣有十二种纹饰，这十二种纹饰分别是：日、月、星辰、群山、龙、华虫、宗彝、藻、火、粉米、黼、黻，通称“十二章”。十二章内涵丰富，日、月、星辰，取其照临之意；群山取其稳重、镇定之意；龙，取其神异、变幻之意；华虫，以雉鸡为其形象，取其美，示有文彩之意；宗彝，取供奉、孝养之意；藻，取其洁净之意；火，取其明亮之意；粉米，取其有所养之意；黼，以斧为其形象，取其割断、果断之意；黻，其图形如繁写的“亚”字，取其辨别、明察、背恶向善之意。大家花了一个多月的时间画图样，主图案是龙，再加上十二种纹饰，图案非常雍容大气。背上的花纹富丽堂皇，袖子上的花纹一直延伸到肘部，领子上是丰富、精美绝伦的细节，衣摆下摆是几种滚绣的饰边，最后是金光闪闪、富丽堂皇的裹边。

那是一段工作繁多的时期。刺绣工房里一个挨一个地挤满了绣花绷子。如果有人想要出去，她得四肢着地从大家的腿中间轻轻爬出去，以免碰坏了绣架。所有能绣花的女孩子都在绣架前忙碌着。有的女孩子手太爱出汗，每次出线、入线的时候针都会发出刺耳的摩擦声，要是出现这种情况，就在手上蘸点石灰粉，在手里搓一搓，这样就能较长时间避免出汗。最难的是，绣花的时候，手不能乱摸，不可以挠头挖耳，甚至眼泪流下来也不可以去擦，只能放块手绢在旁边备着。

阿乔那时已经是绣房里公认的最好的绣工，绣长袍的工作便落到了她的头上。她已经具备一名绣女的优秀品质。她了解每一种布料的质地、每一套绣法的技巧，会根据材料的坚韧程度用线，而且她还有绘画的天赋，这使得她在刺绣的时候，不但能保证图案不走样，不变形，还能将其修饰得更完美。

在绣女们的共同努力下，这件衣服被放在巨大的绣花绷子上架好，安放在绣房最里面的位置。那儿不会有其他女孩走来走去，这样做不仅为了避免发生意外，还为了凸显这件绣品与众不同的地位。只有和这件绣品相关的女孩子才能从这架绣花绷子旁边经过。

阿乔开始描拓袖子、肩膀和领口。她们给整块布料覆上麻布，卷在棍子上，只露出一块约二十厘米宽的面积，上面是绣花图样的第一部分。

阿乔按粗细排号准备好绣线、针、剪刀、锥子和用来擦亮绣好图案的显影布。一切就绪后，她们备好香案，祝祷、祈求上天护佑她们顺利完工。整个仪式完成以后，刺绣工作才算得到批准，可以开始了。一连数十天，阿乔坐在她巨大的绣花绷子前面。她的内心里充满遐想，她幻想着大王穿上这件长袍时威严庄重的风姿。为了赶工期，她甚至晚上也舍不得休息，然而却不觉得累，似乎有天上的神仙绣女在帮助她走针飞线。

长袍终于绣好了。层层金线闪耀着光彩，十二种纹彩，每一种都是那样活灵活现，就是诸天上的仙女看见了也会羡慕不休。这成为阿乔一生中最值得骄傲的回忆。

然而阿乔慢慢长大了，家人把她接回了家中。她用心绣制了一个荷包，荷包里藏着她的梦。那是个什么样的梦呢？阿乔自己内心其实也并不十分清楚，直到那一天，在集市上，碰见了那个年轻人，由此开启了她生命中重要的一篇。

阿乔似乎忘记了阿佳的存在，开始喃喃自语。

“那时候，我还年轻，以为爱情是世上最伟大的，它能让山无棱，江水为竭，冬雷震震，夏雨雪，天地合。我天真地以为，只要我真情付出，就一定会收获美满。

“我的身份，在卫国属于‘国人’，是大城市里的人。而我中意的那个人，他的身份被称作‘氓’，也叫‘野人’，是指居住在偏远郊野的人。

“作为国人的优越，不仅是生活物资的充足，也体现在身为国民的尊严和可以接受教育的权利上。我们学习‘六德’‘六行’‘六艺’；可以定期参加国家举行的公开招录，考上了就可以做官；国家遇到迁都、另立新君等大事，都要征询我们的意见，那个周厉王就是因为做事太过分，被我们赶下了台。而野人的境况，就要差得多，可以说只是比奴隶稍好一点儿而已——为贵族耕种完公田后，才能再耕种自己的私田，私田里收获了粮食，还要上缴赋税；除了给公家种地，贵族们有任何需求——修房造车、婚丧嫁娶需要人时，都要无条件地供贵族役使。

“那天他抱着布匹从乡下赶过来，拿到城里集市上换些生丝，这样的小生意，似乎可以对他的贫苦生活有些许改善。他身上那种不加修饰的淳朴真诚感动了我，我竟然喜欢上了这个没有任何背景、没有任何前途的乡下人。他也是真心喜欢我的吧？我相信他不是贪图我富裕的家庭条件。趁着这次来买生丝，他迫不及待地向我表白：‘我要现在就娶你回家。’

“我说，我又何尝不想现在就结婚，只是结婚大事，哪能这样草率呢？最起码，得找个稍微说得过去的媒人吧。即便他是一个野人，也不可能不知道结婚礼仪的纳采、问名、纳吉、纳征、请期、亲迎这必要的‘六礼’吧？这里面的许多程序，比如男方请媒人去女方家提亲、询问女子姓名和出生日期、告知女方占卜结果、为女方送聘礼、商定结婚日期、新郎亲至女方家迎娶等，没有一个身份尊贵、能说会道的媒人又怎能办好？

“他是那么急于和我在一起，那么想省略掉能够省略的婚姻缛礼。我看得出，他是在强压着心里的急怒，他因为找不到合适的媒人而着急，因为不能改变世俗的婚姻礼数而怨怒。

“他用无数遍的山盟海誓，为我构筑着一个充满美好想象的未来。我也反复地承诺，只要找好了媒人，秋天一定结婚，并不是我故意推脱。我送他走过了淇水，又走到了顿丘，一路好言相慰，我是那么害怕他一去不再回来。

“我不知道，他能否感知我内心的渴盼。一天天地等着他再次出现在城外大路上，这种渴望天天厮守的等待，是外人不能理解的漫长；如同外人不能理解我的眼泪，是焦急还是自怨。

“也许是上天怜见我的痴情，似乎等待了太久，终于等来了好消息。这个好消息，就是在‘纳吉’这项礼仪中，卜筮的结果是吉兆，我们两个人适合结婚。

“沉浸在即将走进新生活的欢喜里，又怎么还会计较纳征时送来的聘礼有多少？只是反复念叨着确定结婚的日子。近了，近了，黄昏时分，终于听见了马儿的欢嘶。马儿进城了……马儿到大门口了……我戴好了发饰，换上了婚衣，跨进了婚车。

“父亲用丰厚陪嫁送我踏上新生活的征途，他在尽最大力量，为我减轻以后日子里的艰难，只是当时的我沉浸于新婚的喜悦，未能领会父母的深意。走在前面、提前赶回新家中等候我的，是我的心上人、此时的新郎，我心甘情愿为他付出所有。

“只有门前的桑树，一天天地记录着归于平淡的日子。桑叶黄了又落，周而复始着生命轨迹。贫苦的生活，让我曾经娇美的容颜，像枯萎的落叶一样迅速老去。虽然也曾想过城里生活与农村生活的差距，但没想到差距那么大。嫁过来三年的我，从富家小姐彻底变成了农家主妇。采桑、养蚕、织布、制衣，数不清的公家自家的杂务，让我如此深切地体会到身为野人生存的不易。加之还要照顾公婆、小姑子、小叔子，每天都是干活干得最多，却又吃得最差，休息得最少。为了这个家，我是如此全心全力地付出。吃苦受穷不可怕，可怕的是，这样的日子似乎会永远继续下去，一年比一年难过。每天都那么晚才能休息，每天又那么早就要起床干活，离想象中的幸福，却越来越远。

“本来以为，只要两个人能够在一起，其他什么都不重要；没想到，仅仅三年时间，爱情的甜蜜，就被婚姻的现实彻底击碎。让我对生活彻底绝望的，比贫苦日子更加难以忍受的是他的善变。还是那条淇水，此时毫不留情地打湿了车上的帷饰；他的无情无义，也让我的泪水打湿了回娘家的长路。我还是尊称他为‘士’，可是他现在又怎能当得起这个‘士’的称呼？

“我自己始终是谨行着妇德的，自认为没有任何失礼之处。我的守礼，与父母的日常管教有关，与女师的婚前教育有关。结婚前三个月，就有专门的女师，对即将出嫁的我进行婚前教育，告诉我妇德、妇言、妇容、妇功等一系列要遵守的言行规范。母亲更是告诫我，嫁出去就要一心一意地在婆家过日子，尽量不要往娘家跑。

“衡量‘士’的标准，他做到了吗？按照我们国人都知道遵行的‘六德’‘六行’‘六艺’，看看他是怎样的表现？他做到知、仁、圣、义、忠、信这‘六德’了吗？做到孝、友、睦、姻、任、恤这‘六行’了吗？做到礼、乐、射、御、书、数这‘六艺’了吗？他的言行，结婚前后大相径庭；他的品德，竟然变得如此恶劣。这一切的前后反差，说明他要么是为了急于得到我而做出了伪装，要么是终于暴露了潜藏极深的本性！

“对于娘家兄弟的风凉话，我只能选择默默承受。即便向他们解释那些生活中的琐碎，他们也不会理解我的苦衷，更谈不上支持我的决定。是的，我已决定要离开他。因为，我越来越清楚地发现，改变一个人物质上的贫穷或许还有可能，但要改变一个人骨子里的劣根性，改变他虚伪的言行、凶蛮的习气，实在是太难了。

“河水再急，也有堤岸限制着它的暴怒；沼泽再大，也有走到陆地上的时候；唯有我的婚姻，看不到一丝亮光。谁能说得清，到底是他野人身份下潜藏的蛮劣本性无法改变，还是野人久处贫苦生存环境中导致自身的品格渐失？我宁愿相信，是无奈的生活把他逼成了现在的样子。但无论何种原因，我终是不能和他这样的人一起生活了，从今以后，他的一切都与我无关。”

采　诗

失望至极的阿乔收拾自己的行装，悄然离去，隐居乡间。

幸福的往事像一场虚幻的梦，梦醒了，只剩下阿乔孤零零的一个人。阿乔渐渐变得体弱多病，是村里人的关怀与帮助给了阿乔生活下去的勇气和信心。由于阿乔识文断字，村里人举荐她做了采诗官，采诗使她看到了更广阔的世界，也让她的生活变得丰富充实起来。

春风拂过原野，万物复苏，农事肇始，沐浴着吹面不寒的杨柳之风，农民耕下了第一锹略带寒凉的泥土。沉睡一冬的大地，晒着温暖的太阳，大家也在盘算着第一轮的播种。采诗的时节到了，阿佳跟着阿乔踏上了采诗的道路。

伴着叮当叮当的木铃声，阿乔带着阿佳坐上牛车，在乡野里四处摇铃行走，倾听人们在劳作中唱的歌。听到铃声，在田间劳作的农人知道，老朋友又来拜访了，看到采诗官阿乔和阿佳的身影，农人们纷纷放下锄具，围坐到她们身边。

老汉道出了他耕田时的遐想，小妹念叨着她采桑时的唱词，小伙羞涩地说着他思念姑娘时的曲调。他们你一段我一段不亦乐乎，阿乔频频点头，眼中闪烁着火花，一边仔细询问，一边在粗糙的布片上不停地记录着。原来那时尚无纸张，多用竹简记录，但竹简刻起来太慢，带起来太笨重，阿乔便准备了布片，先记在布片上，回去后再整理到竹简上。而且布片用过以后，把字迹洗掉，可以重复使用。阿佳不禁佩服阿乔的聪明智慧，她在高文给她的凯蒂猫里搜索了一下，居然找到了一沓纸，于是取出来交给阿乔，让她写在纸上。阿乔试了一下，这纸张写起来顺滑便捷，真是太方便了，不由得连连称赞。

阿乔非常受百姓欢迎，她们到来的日子仿佛一个节日，村民拿出自己的佳肴美味款待她们。老乡拿出了过年剩下的一条腊肉，邻居端出了一碗散发着醇香的老酒，阿婆送来一锅熬好的干菜。他们聚集在阿乔和阿佳身边说长道短，为自己想到的绝妙语词骄傲自豪，也希望自己的所思所想能传达到天子的耳边，而且他们还听说，如果诗歌写得好，还会被乐官谱成曲，配上管弦在宫里传唱，这可是莫大的荣耀啊。

“采采卷耳，不盈顷筐。”“采采芣苢，薄言采之。”“彼采葛兮，一日不见，如三月兮。”一幅幅秀美的生活画卷浮现眼前。当然百姓也有对政治不满意的时候，他们对此也畅所欲言。“相鼠有皮，人而无仪；人而无仪，不死何为？”“硕鼠硕鼠，无食我黍！三岁贯女，莫我肯顾。”不管是歌唱生活，寄托思念，还是讽刺时政，发泄不满。阿乔都一一忠实地记录着。阿佳双手托腮在一边认真听着，几乎呆了。她为人们巨大的创作热情、生活激情所感动，也为他们认真生活、努力思考、关心周遭一切的主人翁态度所钦佩。她的思绪不由得飞到另一个时空。在那里，村里生活的大都是老年人和孩子，大人都出去打工挣钱，到了过年过节回来了，大家最喜欢的就是聚在一起打麻将，或是抱着手机看抖音，似乎并不关心旁人，也不关心时事。老人倒在路上，很多人也不敢去扶，怕被讹诈。在他们的身上，感受不到对生活、对大自然的热爱。难道，现代人真的生病了吗？阿佳在心里默默思考着。

村民告诉阿乔，在他们村附近的山里，住着一位隐士，经常敲着盘子唱歌，歌声清奇，如果阿乔去找他，也许可以采到很好的诗歌呢！阿乔听了，非常高兴，她们一路穿山过水，终于看到了一间简陋古朴的茅庐，依偎在斗折蛇行、明灭可见的溪流旁边，掩映于宿鸟时飞、松风如涛的山林里面。这荒远冷僻的山溪野林，这自然界里小小的一角，在隐居的贤人们眼里，却是天地广阔的人生乐园。

阿乔和阿佳走到门前，只见窗户半开，主人正斜倚在床上拿着竹简读书。只见他忽然放下书，伸了个懒腰，开始唱起歌来："考槃在涧，硕人之宽。独寐寤言，永矢弗谖。考槃在阿，硕人之薖。独寐寤歌，永矢弗过。考槃在陆，硕人之轴。独寐寤宿，永矢弗告。"诗歌中的隐者忽而在涧、忽而在阿、忽而在陆，随心所欲，自由自在。这种与世无争的山林生活，是多么清净安宁、逍遥自在啊！

阿佳听隐者的歌声悠远清亮，让人神往，内心却不由得产生了疑问，为什么这样德行高尚的人不愿意出来做官，为百姓做事，却要隐居在山里呢？阿乔快速记下隐者唱的诗歌，没有去惊动主人，就轻轻招呼阿佳离开了。回去的路上，阿佳把自己的疑惑说了出来。阿乔想了想，说："也许他曾经为百姓做过一些事，现在只是累了，想要休息一下。还有可能是他觉得幽王无道，不如隐世避祸。"

时光转眼到了五月十五，阿乔领着阿佳赶到城郭附近的水岸，那里会有一场盛大的祭祀活动，正是采诗的好时机。这一天，家家户户都要祭祖，而且规定要有荇菜，这荇菜须由家中年轻女子去采摘，因为家家户户都要去采摘，这活动便演变成了一个非常热闹的节日。又由于荇菜须由家中年轻女子去采摘，这便也成了一场声势浩大的群体相亲大会。

远远地，她们看到了喧闹的人群，一大群女子站在水边，有的在埋头采摘荇菜，有的采了一些站在水边休息。只见水面漂满了椭圆的叶子，那叶子小小的，就像一个心形，大小也像心脏那么大。翠绿色的叶子肥嫩多汁，浮在水面上，有的开出了金黄色的花，那花又叫金莲。这些年轻的女子，一个个充满青春气息，她们穿着鲜艳的衣裙站在水中，为了采荇菜，把裙子扎在腰上，伸出洁白如玉的手臂，左边采一下，右边采一下，婀娜的身姿是那样柔美，引得岸上堆满了看热闹的年轻男子。有些男子显然是有备而来，手里拿着琴，便在岸边拣平整处将琴摆好，奏起了动人的曲子，而有些女子的荇菜已经采摘好，也敲起了瑟与琴相和，一时琴瑟交鸣，好不热闹。

当然，站在岸边观看的还有很多是代儿女来相亲的父母，他们站在人群里，关注着水中的女子，看看哪一个和自家的儿子最为相配。有的亲家已经对上了，正在那里商议，一个夸自家的女儿贤惠又勤快，一个说自己的儿子英俊更潇洒，有的甚至谈起了聘礼和婚期……想不到古人如此开放，令阿佳大跌眼镜。而为儿女婚姻大事操心似乎是天下父母的通病，阿佳在一旁听了忍不住想笑，她这才发现，从古至今，天下的父母都是一个样的啊。

这时，阿乔拉着阿佳的手，示意她看河里。原来，河里来了几对红翎绿嘴的水鸭，正在水中嬉戏游玩，它们有的为对方仔细梳理着羽毛，有的互相追逐打闹，还有的在引颈欢歌，那歌声和岸上的琴声相映成趣，充满浪漫而动人的气息。

“人们一年要举办多少次这样的活动啊？”活动结束后，阿乔和阿佳一起往回走，在路上，阿佳忍不住问道。

阿乔伸出手指算了算：“还真是不少呢！三月三上巳节，然后是春祭，接着是五月十五祭祖先，到了八月初五要祭河神，再往后走，就是冬祭啦。”

“阿乔，那你给我讲讲这些活动好吧？”听到这么多有趣的活动，阿佳不由得生起了好奇之心。

“好啊！”随着阿乔的讲述，阿佳眼前浮现出一幕幕鲜活的场景来。

“说说三月初三的上巳节吧。在夏历三月初三上巳之日，春光明媚，春水荡漾，人们齐聚河畔，行祓禊礼俗。上巳之辰，人们在溱水、洧水之上，招魂续魄，祓除不祥。同时，那一天，也是男妇青年相会的好时节，大家互赠芍药或兰草，定下誓约。去年我已为这个节日采到了诗歌。

“那溱水洧水水流悠长，清清的河水流淌向远方。那天参加欢会的青年人之多，不可胜数，可谓熙熙攘攘，人海茫茫。男男女女城外游，手拿兰草求吉祥。一位女子说，咱们去看看？男子回答说，他已去一趟。女子央求说，那再去一趟吧！两人来到河岸边，洧水两岸好地方，地方热闹又宽敞。男女结伴一起逛，相互戏谑喜洋洋，赠朵芍药莫相忘。

“那溱水洧水长又长，河水洋洋真清亮。男男女女城外游，游人如织闹嚷嚷。女子说，咱们去看看？男子说，他已去一趟。女子说，今天人多真热闹，再去一趟又何妨！洧水两岸好地方，地方热闹又宽敞。男女结伴一起逛，相互戏谑喜洋洋，赠朵芍药表情长。

“那从溱、洧之滨踏青归来的人群，有的身佩兰草，有的手捧芍药，洒一路芬芳，播一春诗意。这些年轻人，他们不仅拥有大自然的春天，还拥有生命的春天，那就是青春。现在想起来，一切还是那样鲜明活跃，真是美啊。

“除了祭祀祖先，民间还有祭河神的活动，比如八月十五这天就是。人们给每条河都找到了神，每年大家都定期到河边聚会，载歌载舞，向神奉上食物致敬。周南的汉水也有神，这是一个女神。传说有一个青年男子叫郑交甫，在汉水边上碰到一个游女。郑交甫很喜欢她，想去和她说话，女子也喜欢他，就赠了他一个玉佩。郑交甫拿到玉佩以后，低下头欣赏玉，抬头再一看，女子便不在了。只看见她在波涛之上，越漂越远。后来，人们就说那一天是汉水女神要出嫁的日子，她要嫁给远方的神仙，人们就在江边聚会送她，给汉水女神贺新婚，送什么？要送柴。为什么要送柴？婚礼是黄昏时候举行的，客人去了都要带着柴，如果这些柴是在庭院里面就叫‘庭燎’，‘庭燎’

就是照明。砍的柴一般是黄荆条，荆即是楚，这一种黄荆条子最耐燃烧，所以砍这些黄荆条子去送礼，去送汉水女神，去恭贺她的婚礼，远远地，看见女神在波涛上来了，波涛滚滚像千军万马，波涛卷起来就像马的头，汉水女神在江面上是骑着马的，她骑着马飘然而来，飘然而去。大家赶紧把柴扎起点燃，放在竹筏上顺江漂流，这样神就收到礼物了。这样的盛事，记载在《河广》这首诗里面，活动的场面是多么热烈而且宏大啊。

“不过，人们做这些活动，并不是有多么信奉鬼神，最重要的是借这些活动让大家身心得到娱乐，也是在于给青年男女提供相识和相交的机会。”阿乔最后说道。

阿佳发觉，古人并不是她曾经想象中的那样迷信，相反还活得比所谓现代人更通透，这真是让人觉得不可思议呢。

感　恩

为了感谢村里人对自己的关心，阿乔每年都会上山采蘑菇，回馈乡亲，这是她自己给自己的约定。

山间气候湿润，植被丰茂，蘑菇疯长。这天一早，阿乔和阿佳上山了。采蘑菇需要早早起床，赶在清晨第一缕阳光照射到山间时把蘑菇采到，那时的蘑菇，最新鲜、最香。清早的山间，空气里带着潮润，鸟儿已经醒了，在树枝上啾啾地鸣叫着。草尖的露水凉沁沁地拂过指尖，有一种沁人心脾的舒服。

蘑菇就藏在灌木丛里，或是藏在草堆里。扒开草堆，蘑菇就会从里面露出头来。那些像星星般散落在草丛里的蘑菇真可爱啊，它们举着胖乎乎的小伞，在清风中微微颤动着，阿佳将它们一个一个小心翼翼地取下来，装进竹筐里，感觉开心极了。

阿乔告诫阿佳，采蘑菇时，要小心，不要采刚生出来的小蘑菇，也不要踩坏了快要生蘑菇的土。因为，只要足够细心，就会发现，那些即将生出蘑菇的土，和别的地方的土是不一样的，它们就像用沙土垒出的蚂蚁的宫殿，有着曲曲折折的形状，有的像鹿角，有的像城堡，预示着将有新的生命会从里面诞生出来。阿乔并不会将所有的蘑菇全部采光。她只采其中一部分，她告诉阿佳，贪欲是最大的敌人，任何事情，不可做满、做尽，须得留几分。阿佳一边采蘑菇，一边留心听着阿乔的话。

她们的收获很丰厚，没用多久，两个竹筐就装满了。阿佳和阿乔一起，沿着堆满落叶的小路走下山去。当她们走下山时，雾气像仙女的缎带在村庄上空飘浮着，村庄像婴儿睡在甜美的梦中，正在慢慢苏醒过来。

村子前面有一眼泉水，泉眼边有一株花楸树，开着白色的花。树下是松软的土地，水分充足的草地上开满鲜花。泉水从树下冒出来，阳光一头扎进水里，清亮亮的水面上便闪耀开白花花的亮光，阿乔领着阿佳在泉水边，把蘑菇上的泥轻轻冲洗掉。新鲜的蘑菇自带香味，简单的烹煮就是很好的美味，阿乔和阿佳之所以采了两大筐，是想让村子里的人都能尝到蘑菇的美味。

阿乔领着阿佳进村了。她们穿过村子前面的小溪。最先到达的，是郑家。这是村里最热闹的家族，四代十多口人，最年长的老人八十多岁了，最小的重孙子只有两岁。他们是村里的勤快人家，他们家的田土里长的庄稼是整个村子里最好的。他们还利用农闲时间上山采集中草药，葛根、黄芩、半枝莲、夏枯草，乡亲们需要点什么，就会到他们家去找，他们家总会有的，而且有求必应，甚至多多地给。讨东西的人出了门，他们还会送到门口，脸上带着笑，殷勤地说，需要了再来啊。阿乔轻轻地说，这是好人家，然后，让阿佳取出一大捧蘑菇，放在他们家门前的竹篮里，并盖上一片宽大的叶子。是的，阿乔这样做已经好几年了，所以到了采蘑菇的季节，大家都会提前把竹篮放在门口，等待醒来后收到阿乔的礼物。

然后，她们走过第二家门前。阿乔取出两朵蘑菇，让阿佳放在了门前竹篮里，然后盖上叶子。阿乔告诉阿佳，这屋里住着可怜的阿吉，他曾经在一次狩猎时把腿伤了，因此走路有点蹒跚，可他总还是乐呵呵的，虽然一个人生活，不能再打猎了，但如果弄到什么好吃的，也总不忘给阿乔送点过来。

第三家，是做裁缝的姜家，他们会做做工考究的服装，手巧得很，村里人想要做点啥好看的衣服，也常常找他们家来做。第四家，文仲家。文仲家人丁不旺，只有一个女儿。家里人很担心，怕香火要从这一辈断掉了。不过有一天，从邻村来了两个男人，一老一少，他们是来找文仲家提亲的，他们找到了村长，由村长带到文仲家里喝了一顿酒，两人就回去了。后来，年轻的人一个人来了，和文仲女儿一起生活。他们生了一个儿子，又生了两个女儿。阿乔多拿了几朵蘑菇给阿佳。她告诉阿佳，他们家人多，多放一点儿。

慢慢地，太阳升起来了，它把金色的光洒在小村里，从每家人门前的树荫间投射下来，在轻轻的微风下，那些金色的光点便闪闪烁烁的，有了明灭相间的光影效果，像一幅动态的风景画。

村子里有十六户人家，她们已经走完了一大半，现在来到了吕家。这家人会纺纱织布，还会种大麻。春天，他们种植大麻，秋天大麻成熟了，他们先收获麻籽，然后，斩下麻秆，一捆捆浸泡在村口的水塘里，过一些时候，再把大麻皮剥下来，他们家人的手，指头和虎口上都布满老茧。他们不用上山砍柴，只需要把这一捆捆剥了皮的大麻秆运回家中，就是一年的燃料。他们把大麻皮上的纤维抽成丝，纺成线，织成布。冬天，他们端着木斗，木斗里装着香气扑鼻的大麻籽，给村里每一家人送去。然后，大家坐在一起嗑大麻籽，再把大家来年需要的布匹数目记录下来。走的时候，主人家也会回赠他们一些礼物。

这是陈家，这是李家，这是秦家，每经过一家的房屋前，阿乔就会给阿佳讲这家人的故事，吩咐阿佳从背筐里拣出蘑菇，放在他们的家门前篮子里。一直到村里所有人家都给了蘑菇，她们二人才回到家。

伤 逝

采蘑菇是季节性的活动，蘑菇的生长期就那么一段时间，早了，采不到，晚了，蘑菇谢了，也没法采了。这一天，阿佳又跟着阿乔上山了。阿乔说，这应该是今年最后一次采蘑菇了，采过了这一次，再想采，就得等到明年啦。

阿佳跟着阿乔走在下山的路上，枯叶堆积，昨晚下了点雨，阿乔不小心踩到滑滑的落叶上，由于山路是斜坡，阿乔被带着滑了好长一段，重重地摔在地上，这一跤可真是摔结实了，阿乔躺在地上，疼得龇牙咧嘴，起不了身，筐里的蘑菇也被甩出老远，一朵一朵的蘑菇散落在地上，摔得七零八落。

“阿乔！”阿佳吓得魂飞魄散，她扔下竹筐，赶紧跑下坡，抓住阿乔的胳膊，想要把她拉起来，可她的力气太小，根本拉不动。“好啦，没事的，孩子，你到山下去，找村里的乡亲上来帮忙吧。”阿乔帮阿佳抹去她脸蛋上的汗和泪，忍住疼痛，轻声说道。阿佳忍住泪水，飞奔着跑回村子，叫来了尹吉甫，还有吉回大叔和于田大叔。他们想办法用竹竿和绳子弄了个像担架一样的架子，把阿乔抬回了家。

经过大夫的诊断，阿乔的左腿摔断了，大腿外侧还擦破了不少皮，大夫给阿乔接好腿，想办法固定好，又开了一些药，吩咐阿乔好生在家静养。阿乔躺在床上，阿佳每天帮她擦洗身体，帮助她翻身，村子里的乡亲们也给她送来很多吃的，但阿乔胃口很差，什么也不想吃，日渐消瘦。

阿佳很担心她。她记得自己小时候身体不好，爷爷曾经煮青蛙给她吃过。青蛙营养高，如果捉几只青蛙来煮给阿乔吃，可以滋补身体。晚上，阿佳躺在床上，听着外面水塘里青蛙呱呱的叫声，怎么也睡不着，她想捉几只青蛙给阿乔补身体，翻来覆去想了半天，才昏昏入睡。

第二天，阿佳找了个竹篓来到水边。那里青蛙很多，阿佳动作敏捷，很快捉到几只。她不想回去弄，就来到一条小溪边，拿出刀子准备剖青蛙。捉青蛙她是不怕的，可是要剖青蛙了，她的内心咚咚跳个不停，她只好求老天爷给她点力量。她紧紧捏住一只青蛙，将肚皮翻向上，鼓足勇气，拿起刀子朝肚皮上使劲儿刺下去，青蛙的肚皮被刺开了，一股液体从刀边喷溅出来，有一滴竟然溅到了阿佳的眼里，阿佳立即感到一阵疼痛从眼里传来，她吓得全身都绷紧了。

“天啦，难道是青蛙恨我杀它，要来报复我吗，我的眼睛会不会瞎啊？”阿佳不敢松手，因为眼睛的疼痛也不敢睁眼，她蹲在溪边，心里不停地求老天和青蛙饶恕，可手里还是不忍放开那只被她割开了肚皮的青蛙。被青蛙体液侵蚀的眼睛不停地流泪，不知道过了多久，也许十分钟，也许还要更久，阿佳终于感觉好些了，眼睛也可以睁开了。她把这只青蛙的内脏掏空，放到溪水里清洗干净，接着，又小心翼翼地把剩下的几只青蛙也处理好了。

回去以后，阿佳找来土锅，加上水，把剖好清理干净的青蛙放进锅加上水，然后开始架火煮起来。阿佳一边往灶膛加火，一边想象阿乔吃了青蛙就会好的样子。水很快烧沸了，大团大团的白气冒出来，沸腾的水从锅边溢出来，阿佳赶紧把锅盖揭开，一股蛙肉的香味扑面而来。真香啊，她满意地深吸了一口气。

这时，阿佳发觉刚才土锅没有放正，稍稍有点歪了。她扶住锅边，想把它调正。锅把太烫，阿佳手不由得往回一缩，锅反而被碰得更歪，只听得水汽被火一激，发出“扑哧扑哧”的声音，汤从锅边洒了出来，想到这是给阿乔补身体的汤，倒了太可惜，阿佳心疼得顾不上手痛，赶紧伸手把锅扶正，抽回手一看，手指被烫得通红，食指尖上已经起了大大的水泡。阿佳赶紧把手伸进冷水冰了冰，又继续坐到灶膛前烧火熬汤。

青蛙终于煮好了。揭开盖子，白白嫩嫩的蛙肉散发出阵阵香气。阿佳咽了咽口水，用帕子包住锅边端出来。她将蛙肉挑到碗里，端到了阿乔的床前，小心地一口一口喂到阿乔嘴里。看到阿乔吃得很香，阿佳心里满满的都是快乐。喝完一碗汤，阿乔轻轻抚摩着阿佳起了水泡的手指。在阿乔轻柔地抚摸下，阿佳手上的水泡似乎没那么疼了。

在和阿乔相处的日子里，阿佳在阿乔的身上感受到了无限的包容和关爱，内心如同水一般越来越温柔。阿乔的善良、明理、慈悲使她越来越觉得，这世界上竟无一人不可被宽恕，无一人不能被理解，也无一人不应该得到爱。

可是阿乔的身子已经从内部垮掉了，阿佳的精心服侍没能留住她脆弱的生命。在一个安静的夜晚，阿乔把自己采集的诗歌交给阿佳后，永远闭上了眼睛。

途

清晨，一辆马车驶在官道上，车轮子顺着驿路吱吱嘎嘎地向前滚动着。在这辆马车上，坐着阿佳。吉甫接到周幽王的命令，已经先回京都了。阿乔在村人的帮助下被安葬好，阿佳带着阿乔采集的诗歌，踏上了回京城的道路。

来接阿佳的，是尹吉甫家的车夫小青。车子在路上吱吱嘎嘎地响着，阿佳上车时本来很困，睡着了，不知道什么时候又醒了，车门口挂着一张帘子，透过帘子的缝隙，她可以隐约看见车外的景物。

这当儿，眼前本来广漠无垠的平原，被一道连绵不断的山峦切断。那些小山相互之间紧紧挨着，合成一片高地，在道路右边伸展出去，一直延展到地平线的尽头，消失在茫茫的天地间。

车子不紧不慢地往前走着。太阳已经从山那边探出了头，一会儿又被云雾遮住了脸。远远地，天地相接的地方，出现一道宽阔而温暖的光带，这条光带越来越宽，越来越亮，终于越过重山的阻隔，掠过车子和马儿，把整个原野都照亮了。原野上那些挂着露珠的草叶，在晨光的爱抚下，闪现出亮晶晶的光泽，一片片像是昨晚睡饱了，恢复了生机，神采奕奕，在微微的晨风里轻轻闪动着腰肢。早起的小鸟在天空中飞翔，发出欢快的叫声，蟋蟀和螽斯也醒了，开始了它们的草丛音乐会，吱呀吱呀的声音此起彼伏。远处的群山显出一片墨绿色，宁静而单调。天空深邃而澄澈，那样无边无际。天地间似乎只有这一辆马车。

车子弯上了一道山梁。山上，立着一棵孤零零的大树，它的树身笔直，枝干向四方伸展开去，形成一片大大的树荫，在烈日下，这倒真是个乘凉的好地方。可是这棵树孤零零地长在这里，看样子，起码也有几十年了吧，它浓密的枝叶显示出良好的生长状态，站在这里，它一定看到过很多人和车吧。那些人和车会给它留下什么样的印象呢，它是否就是靠着回忆这些形形色色的人来打发时光呢。现在是风和日丽的好天气，如果遇到下暴雨、刮大风、打雷闪电，它会不会害怕，在黑夜里，什么也看不见，什么也听不见，除了怒号的风……

转过山梁后，眼前的景色起了变化。阿佳听到了一种柔和的、很好听的淙淙声，又觉得脸上碰到了一股和刚才不同的空气，仿佛是带着凉意的丝绸。前面是大自然用奇形怪状的石头拼成的小山，水从山间通过不知什么人安的一根竹管里淌下来，成为一股细流。水落到地面的石头上，清澈、欢畅，在太阳下发亮，发出轻微的淙淙声。溪边长着稠密的山草，一片苍翠。马车驶过去的时候，几只鹅黄夹翠绿羽毛的小鸟从草丛里飞出来，扑腾着翅膀，对着马车啾啾地叫。

他们在溪边下车休息，马儿自去吃草。小青坐在车上休息，阿佳来到溪边，先用溪水清洗了一下双手，然后用双手捧着去接那流出的溪水，喝了一口，嘴里一阵清凉，还带着丝丝甜意，便不由自主地把嘴凑到竹管的出水口上接那流出来的水，真是爽透了，阿佳使劲儿喝了几口，直到感觉一股尖锐的清凉从她的嘴里流向喉管，一直下去，散布到全身，才停了下来。

喝够了水，阿佳走到山梁上去眺望。看远山、天空和那远处的树。她看见在流出溪水的那座乱石山背后，耸起另一座小山，那座小山要平得多，也宽得多，山上没什么树，清清冷冷的。

阿佳听见草丛里传来嘶嘶的声音，她低下头，是一只螽斯，阿佳快速一伸手，螽斯就被她握在手心里，小虫老老实实地待在她手心里，待了一会儿，发觉阿佳并没有放开它的意思，就开始继续它的奏乐，阿佳把攥着螽斯的手放在耳边，听它奏出的乐曲。她想仔细分辨这曲调是高兴还是悲伤，可是听了很久也没有听出来，于是，阿佳就松开了手，螽斯用触须轻轻蹭了蹭阿佳的手，一下子蹦出来，跳进了草丛里。

一只黑黄相间的花蝴蝶飞了过来，它走走停停，总在阿佳身边，似乎在故意引诱阿佳，阿佳不想理它，它就在阿佳身边飞来飞去。阿佳伸出手去扑，扑了好几下，眼看就要扑上了，却又被它从手边溜了。这时，远远的地方传来了轻柔的歌声。是从哪个方向传来的，说不清楚。歌声低抑、苍凉、悠长，时而从左边传来，时而又到了右边，一会儿感觉是从上边传来的，一会儿又好像来自地下。仿佛有个肉眼看不见的幽灵在原野间飞翔和歌唱。阿佳往四周看了一圈，还是闹不清这歌声的来源，像是悲凉恳切地向什么人诉说着。唉，阿佳又想起阿乔来了。

邂 逅

一阵山风吹送过来，野草发出哗哗的声音，炎热和烦闷都被吹开了。他们又登上了马车。车子弯上了一道山梁。转过山梁后，眼前的景色起了变化，道路两边出现了一树树不知名的花。

繁花深处是人家。他们穿过花林，来到一处院门前，小青上前敲开了门。仆从将他们两人迎进了家院。这里是吉甫提前为他们安排好的路上休息的处所。

“嗨！别动我的东西！”

阿佳吓了一跳，下意识地放下了正在抚摸弓箭的手。那是一把玉弓，色泽莹润，弓弦细腻。

小青有事出去了。阿佳一个人不知道干什么，便随意在屋子里走动，无意中走到这间屋子，看到墙上挂着一把弓，漂亮精致的弓，闪着细腻柔润的光泽，竟忍不住想去摸摸。

阿佳回过身，一个和她年龄相仿的男孩子气嘟嘟地站在门口，用恶狠狠的眼神望着她。旁边站着一个比男孩略大一点的女孩子，看到阿佳被吓住了，便走过来，对阿佳说："你是阿佳妹妹吧，妹妹别生气，我弟弟今天受了点委屈，心里不大痛快，他平时不是这样的。"

男孩似乎也意识到刚才自己的言行有点粗鲁，便有点不好意思起来，似乎又有些不满意姐姐的解释，但一时又不知道如何转换，便低下了头，任由脚尖在地上轻轻蹭着，画了一个小小的圈。

阿佳听了女孩的话，也有些不好意思地说："不能怪他，是我失礼在先，我是该先征得主人的同意再摸的，主要是这把弓太漂亮了。"

听到阿佳夸自己的东西好，男孩内心不禁得意起来。他领着阿佳，走进了套在里面的另一间屋子。这间屋子墙上挂满了弓，大大小小，各种材质，各种颜色，竟然不下几十把，阿佳不禁看呆了。

男孩从墙上取下一把黄褐色的小弓，交到阿佳手里："一会儿我们要去练习射箭，你也一起去吧。这张弓是我初学时用的，你试试好不好用。"

说完，把弓交到阿佳手里，然后拿上另一张弓，三人一起走进了射箭场。阿佳本来生性胆小，是不敢做这些的，但是她不习惯拒绝别人的好意，就自然而然接住了男孩递过来的弓。男孩身量虽小，射起箭来却是一板一眼，很有章法，阿佳心里不由得啧啧称赞。

男孩显然把这看作了自己难得的显摆时刻，似乎恨不得把之前学到的东西都一股脑儿倒给阿佳，以展示自己的能耐。他一板一眼地耐心地教导阿佳："身中正，胸挺直勿塌，气平和，勿急勿躁，张弓结箭，意念不动，保持姿势不变将箭射出。"

然后，他又告诉阿佳，平常他自己射箭，都是一指搭箭，但阿佳力气比较小，最好四指搭箭。他的示范和耐心讲解使得阿佳也生出了一些兴趣，阿佳觉得好玩，有点跃跃欲试，她拈箭搭弓，对着树干将箭射了出去，谁知箭才走到半路，却软塌塌地掉了下来。阿佳有些扫兴，不想玩了，但男孩马上又热心来教她，阿佳也有点不甘心，又搭上一箭射了出去，这一箭力量倒是大了不少，可惜准头全无，连树干都没有挨着。

真是看着容易做着难，连着两箭没射好，阿佳不由得有点泄气。男孩看出了阿佳的心思，过来把住她的手教她，告诉她毛病在哪里："你太心急了。其实你的身架不错，但射箭时注意力要放在动作上，进入似想非想的状态。"

男孩说着，引导阿佳把箭轻轻弹了出去，似乎没怎么用力，箭却稳稳地插进了树干。阿佳不由得瞪大了眼。

男孩告诉阿佳："记住刚才的感觉，你自己再来一次。"阿佳依言，默默又射出了一箭。果然又中了！阿佳大喜，赶忙又拈一箭射出，这次却射了个空。阿佳撇撇嘴，准备再来一箭，却被男孩拦住了："你生了得失心。今天不要再练了，再练效果不会好，明天再练吧。"

"就是，阿佳，走，我们带你出去逛逛。"姐姐也在一旁劝道。

于是阿佳放下了弓，跟着姐弟俩向外面走去。姐弟分别叫月和秋，是赵叔将军的两个孩子。

很快，秋和月与阿佳已经很熟了。秋话多，一路上不停地向阿佳卖弄他的知识。比如他说他知道四季狩猎的称谓。不过，没等他说出来，阿佳就笑着抢过了话头说："这个我也知道！分别是春蒐、夏苗、秋狝、冬狩。”

秋一听，有些不敢相信地看着阿佳，还冲她竖了个大拇指。阿佳冲他做了个鬼脸，狡黠地笑了，这可是吉甫曾经给她讲过的呀。阿佳继续一板一眼地说：“春蒐，指春天搜索、猎取没有怀胎的禽兽。因为春天禽兽是繁殖的季节，要避开怀宝宝的兽妈妈，才能让自然界总是充满生机。夏苗，夏季猎取残害庄稼的禽兽。因为夏天是庄稼苗生长旺盛的时间，保护庄稼不受禽兽的糟蹋，保障粮食的收成，也是维持一种平衡。秋狝，指杀伤家禽的野兽。秋天，家禽要长大了，要保护它们不受野兽的侵袭，减少损失，维持收成的平衡。冬狩，是围猎，这时候打猎最自由，动物不加区分，都可猎取。冬天，万物休息，此时，可猎杀一些动物，增加收成，也让人们可以有丰盛的食物过节。”

三人边说边走，很快来到了南院猎场。清晨，山野充满生机，南院猎场，一望无际。随着晨曦的展露，薄雾慢慢散去，放眼望去，面前一片葱茏，冽冽清泉汇成小溪，这里因其水足草丰，四时树木、花草不枯萎，自然成为万兽出没、鹰鹤群栖的动物乐园。

三人沐浴在和煦阳光与清新空气中，万木苍翠，好一派生机盎然的景色。他们停下来观瞧四周，只见周围野花烂漫，不远处的草丛中蹿出只褐色的野兔，这小东西眨着胆怯的眼睛来到一片水塘边，小心翼翼地低头饮水，然后机警地抬头四望。不一会儿，梅花鹿、狐狸、刺猬、松鼠陆陆续续都冒出来了，聚到水塘边饮水。水塘东面有一片绿油油的草坪，几只梅花鹿站在这片草坪中。梅花鹿天生胆小、温顺，它们时而四下徘徊，时而跃出几步又退至原地。

一只老虎走了过来，它很安静，没有发出咆哮，悠闲自在地逛着。不过，当它看见了可口的猎物梅花鹿时，神态立刻发生了变化。它全身收紧，将前爪按在地上，张开血盆大口，露出长牙利齿，拉开腰胯，看准一只最小的梅花鹿，然后发出一声咆哮，猛地向梅花鹿扑来。

鹿群四散逃窜。那只慌乱的梅花鹿围着水塘狂奔起来。忽然，老虎飞身一跃，咬到了梅花鹿的后臀。受伤的梅花鹿连着在草坪翻滚了几次，最后死里逃生地挣脱了虎口，又迅疾地朝正北方向跑过来。眼看到嘴边的午餐又溜了，老虎不干了，掉转过身来玩命追赶，尾巴抽扫着灌木的枝条，发出唰唰的响声。忽然老虎猛地一蹿，用前爪一扇将逃跑的梅花鹿打倒，没容它又站起来，老虎又跳起来，准备一口衔住它细长的脖颈。

此时，唰的一声响，利箭稳稳地射入老虎咽喉。老虎迟疑了一下，不甘心地倒在地上。梅花鹿趁机逃跑，很快不见了踪影。射箭的是秋和月的父亲，一个英勇矫健的中年男子，叫赵叔。秋和月拉着手心被汗水湿透的阿佳从隐秘安全处走了出来。

秋的父亲叫赵叔，他们家是武将世家。阿佳发现秋对于战场有一种执着的向往。三人在一起，秋总是话最多的一个，他谈到最多的话题，就是从父亲、祖父那里听来的关于争战的故事。

秋的先祖昊义原本是制作青铜器的。年轻时，为人热情、豪爽。有一天，一个自称管叔的年轻人走进了昊义的青铜匠铺，要求他给自己打造一把匕首，材质由他提供，并且他亲自参与铸造。三个月后，终于铸造出了一把精美的匕首。这把匕首颜色深黑，质轻式巧，其中隐隐透出红光。

白天同吃，夜晚同住，闲时弹琴，忙时协力，三个月的磨合，足以使两个志趣相投的年轻人产生深厚的情谊。匕首打造完成后，昊义关闭了店铺，跟着管叔加入了伐纣的队伍。原来管叔是文王手下的一名将领，他看中昊义是个人才，不惜用三个月的时间培养情谊，两人成为战场上莫逆相交的生死兄弟。

西北部有密须国，因密人不恭，敢拒大商，商纣王派西伯侯讨伐。管叔与昊义皆在其中。因密须国君喜欢征战，十分不得人心，在战争快要开始前，密须国人直接将自己的国君捆起来交给了西伯侯。

秋说，祖父每每讲到此处，便忍不住向岐山方向行礼，感叹文王仁政之德。还说文王为庆祝胜利，在密须建筑祭天台，开工之时，密须国人纷纷前来相助，此台竟如有神灵保佑一般，迅速建成，文王十分高兴，称此为灵台。

“仁义之师，天佑其成。”秋学着祖父的样子，假意捋着并不存在的胡须，惹得月和阿佳都忍不住笑了。

凯　风

高大的凤凰树下，悬着一架秋千。两个小人儿坐在秋千架上。秋千荡起来了，清风拂卷起她们的发丝，两人相对展颜而笑。温润的光影从枝离碎叶间漫散进来，映着两张明净的脸，两双清澈的眸子。红日潋流光，彩霞拼碎锦，这漫天飞舞的凤凰花瓣好似千万花雨次第飘洒，花色绚烂、落英缤纷。

“来，你尝尝，真是甜的。”月递给阿佳一朵凤凰花，示意她吮吸里面的花蜜。阿佳接过来，放在口里轻轻吸了一口，清甜的香味溢了满口。

“小时候，最喜欢坐在秋千上，每荡回来一次，就吃一口妈妈喂的蜜糖酥。”月轻轻地说着，语调里有掩藏不住的满足与留恋，她眼神迷离，思绪似乎随着秋千荡到了遥远的过去。

“老师说过，四面来的风都是不一样的。南风谓之凯风，东风谓之谷风，北风谓之凉风，西风谓之泰风。最喜欢南风。春天，风从南方来，温暖的轻风吹拂着万物，万物收到它的吹拂，就能生机勃勃、茁壮成长，一切都充满喜乐。

“阿佳，你看这风吹在身上，我就感觉好像是母亲的手在轻轻抚摸我，这风吹在我耳边，就像母亲在我的耳边说着悄悄话。小时候喜欢吃甜食，凤凰花开了，母亲就到树下，拣拾起一朵一朵新鲜的落花，把其中的花蜜取出来，桃干杏脯在蜜汁里浸过，就有了花香的味道，是我的最爱。阿佳，你母亲喜欢你吗？她会给你做好吃的吗？”

母亲？阿佳的心突然动了一下。好像隔了千万年之久，母亲竟然已经如此生疏了。怎么可能和月解释得清楚呢？自己来自另一个时空，在那里，父亲母亲为生活所迫，到异地打工，每年只有春节匆匆回来几天，有时候，因为工作太忙，甚至春节都不回来。自己只能和爷爷奶奶一起生活。好在，月并不是真的想要听阿佳的回答，她只是沉浸在对过往的回忆中。

“阿佳，你面对过死亡吗？母亲走的时候，我还不太明白，我只是看见她一动不动地躺在那里，我对她说，我想吃糖糖，可是，她不理我，别人就把我抱走了。等到我明白一点儿的时候，已经过了很久。虽然失去了母亲，但幸运的是，父亲对我们也很好。他怕我伤心，告诉我，母亲还在，她只是换了一种存在的方式，也许升到月亮上了，也许变成了星星，还有可能，她就藏在这棵若木树上，他希望我们每天都开心地生活，多一点儿快乐，多一点儿欢笑，这样子，母亲看到了，也会很快乐的。阿佳，你听，这黄鸟叫得多么清脆，多么好听，可是，我再也没有机会在母亲面前给她唱她喜欢听的歌，也再吃不到她给我做的蜜饯了。”

“母亲去了，我和秋失去了母亲，但最难受的其实是父亲。父亲常在酒后捧着母亲留下的一件绿衣含泪吟唱：‘绿兮衣兮，绿衣黄里。心之忧矣，曷维其已。绿兮衣兮，绿衣黄裳。心之忧矣，曷维其亡。绿兮丝兮，女所治兮，我思古人，俾无訧兮。絺兮绤兮，凄其以风。我思古人，实获我心。’父亲吟唱时音调悲怆，眼神凄迷，让人不忍看，不忍听。

“父亲和母亲的故事，要从芦苇荡边说起。年轻时的母亲很有名，是当地年轻人心目中的仙子。她去溪边浣纱，路边的人会不由自主地停下脚步；她到水里采摘荇菜，就像水中的仙子；她划着船行在水中，别的船儿都想追随她，靠近她。有人为她日夜辗转难成眠，有人在她楼下夜夜吹笛诉衷肠。然而，最终获得母亲芳心的，却是当时在人们眼里并不起眼的父亲。

“原来，父亲虽不善言辞，却有一颗真正关爱母亲的心。他为她割草，帮她喂马；他帮她砍柴，背到家门。父亲只是默默地为母亲做事，并不在母亲面前邀功，也不在母亲面前有任何令她不悦的言辞和举动。用父亲的话来说，他是真的爱母亲，但那种爱里面，带有绝望的成分，因为他觉得，母亲对他来说，是高不可攀的，能够为母亲做哪怕一丁点儿事，他的内心都充满着喜悦。

“最初，母亲也并未把父亲放在心上，可时间久了，难免为他真情感动，在有一次无意中听到父亲的吟唱后，她明白了父亲的心思，便也对父亲动了儿女情思，终于结成佳偶。”

月沉浸在过往的回忆中。而在阿佳过往的生活里，也曾经面对过死亡，最难忘的是姨妈的死亡。在此之前，她从未想过死亡原来如此安静。

那天阿佳放学后被接到姨妈家。那天家里安静得令人觉得诡异。没有人跑来跑去，没有人拌嘴，也没有人把盆往地上扔，感觉就像所有人都被拔掉了电源。

阿佳不能说，但她却是这样想的——姨妈就这么去世了，她的内心无比伤心失望。在阿佳的世界里，姨妈是最最重要的。姨妈的怀抱可以为她消除所有的烦恼和不快，姨妈的双手可以给她变出最有意思的玩具，姨妈甚至纵容她所有的奇思怪想和胆大包天。

她去世前一个月，和阿佳做了一个约定。事情发生在一个热闹的晚上，大家一起在姨妈家玩，那晚是表弟的生日。吃完晚饭，大家都在院里乘凉，阿佳躺在姨妈的怀里看星星，阿佳转过头对姨妈说："我要写一部小说，把星星写进故事里。"也许当时阿佳被夜色催眠，忘记了害怕，她的声音很大，院子里的人都听到了她的话。

"扑哧！"表弟忍不住笑出了声。阿佳感觉一院子的人都在笑，尽管他们没有笑出声，甚至他们的笑里也没有多少恶意。是的，他们一定认为阿佳只是随便说说，是小孩子的突发奇想。但其实，这是阿佳的愿望，早已想了千百遍，她自己也不知道为什么会在那一刻突然从嘴里冒出来。话说出来了，阿佳却紧张了，窘迫了，她试图从姨妈怀里挣脱出来，找个没人的地方躲起来，而姨妈却抱紧了她，在她脸上亲了一口，眼睛闪亮、充满期待地望着她，"一部小说？"她问阿佳，"小说的内容是什么，写完了能不能先让我看一看？”

阿佳放松了，深吸了一口气。姨妈相信阿佳能够自己写成一部小说，并且确信她的小说值得一读。在阿佳的人生中，第一次体会到了什么是信心。

可是没过多久，姨妈竟去世了。她还没有来得及读阿佳的小说。阿佳得知这一消息，眼泪一直在流，不是为别人，而是为她自己，姨妈的死让阿佳感觉世界崩塌了。但阿佳却不能说出自己真实的感受，她怎么能说呢？在大家以为她写小说是一个笑话的时候，她怎么能说她悲痛是因为姨妈还没有看她写的小说？她只能呆坐在那里，把悲伤藏在心里。

在姨妈的葬礼上，来的人很多，说话声，唢呐声，非常嘈杂。但空气中悲哀的氛围依然很浓。阿佳看见父亲沉着脸，在忙来忙去，她突然有一个大胆而奇怪的想法，如果没有了父亲，她会伤心吗？但是阿佳所能想到的，就是她好像早就没有父亲陪伴了。阿佳的父亲总是在外地工作，哪怕他在家的时候，阿佳也感觉距他在千里之外，他根本不喜欢自己。阿佳的思绪又回到了更早的时候。

那是学校举行的一场演讲比赛。阿佳报名参加了，并且通过了初赛和复赛。决赛那天，阿佳是和父亲一起到学校去的。父亲说了，要去看女儿的比赛，要给她加油鼓劲。

阿佳的内心既紧张又兴奋。她想象着得奖以后，上台领奖的喜悦和父亲把她高高举起的快乐。阿佳一直和父亲坐在一起，直到她上台前的一刻。

但是，当阿佳站在台上，开始准备演讲时，她猛然发现，父亲的座位是空的。刹那间，阿佳的脑袋一片空白。她急得满头大汗，最终语无伦次地结束了演讲。阿佳颓然下台，没有放声大哭，却把下嘴唇咬出了深深的血痕。

从那之后，阿佳和父亲的关系再没有亲密过。阿佳有时感到父亲似乎用一种忧郁的目光追随着她，似乎想给她解释什么，但阿佳倔强地不予理会。在姨妈去世后，父亲和阿佳的关系似乎更加冷漠。阿佳原本沉闷的性格也更加冷淡，她与周围的人，竟越行越远，日渐陌生。

而今，阿佳坚硬的内心在阿乔的熏染下已经变得日渐柔软，月的话更让她领会到亲情的可贵。姨妈亲切的笑容，父亲欲言又止的神情，一一闪过阿佳的眼前。阿佳感觉内心温柔如水，阿佳明白，她与自己的内心，已经达成了和解。

美 食

秋千停了下来。缤纷的落花飘飘洒洒地飞下来，落在两人的肩上，背上，发梢上，那微微颤动的花瓣，像在呓语，又仿佛在吟唱。

阿佳渐渐喜欢上了月和秋两姐弟。月温柔文静，秋豪爽大方，两人都心地善良，而且还很孝顺。这不，他们的父亲赵叔快过生日了，姐弟俩合计着要给送父亲一份特殊的生日礼物，可是思来想去，却没有想到好主意，便来找阿佳，让她来帮忙想想办法。

听了秋和月讲述父亲的爱好，阿佳还真有了个主意。原来，阿佳的主意是给他们的父亲炒一盘蛋炒饭。

“可是我们不会做啊。”月和秋对视了一下，不约而同地说。

“简单。”阿佳胸有成竹地说，“先备好一大碗米饭，再准备几个鸡蛋。往锅里倒点油，油冒青烟后，将搅拌均匀的鸡蛋倒进锅里煎，待到变金黄后，翻一面再煎至金黄色，用锅铲捣烂鸡蛋，加入米饭后，再用锅铲压细，反复铲动，让鸡蛋与米饭拌匀。随着温度上升，蛋炒饭就会被炒得一粒一粒，油浸浸的呢！这蛋炒饭色泽黄亮，香味扑鼻，那味道，才真是一个美啊！”

“如果有肉丁、青豆，再加点配菜，那就更加营养味美啦！”歇了一口气，阿佳又补充说。

姐弟俩从没吃过这样的食物，听了阿佳绘声绘色的解说，秋的口水都流出来了，他俩一致决定，父亲生日那天，就给父亲做份蛋炒饭。而且，他们自己也正好可以趁机饱饱口福呢！

那天，三人一大早就走进厨房，关上门，开始鼓捣起来。

“米饭，鸡腿，青豆。”阿佳一边清点食材，一边喃喃地说，“哎呀，太好了，都用得上。”

“月，让我们看看，还要些什么东西。”阿佳和月在厨房摆放食材的架子前翻找着，她们一起研究着架子上的调料，把那些坛坛罐罐打开，挨个来闻。

“盐在这里，找到了！”

“还有这个，阿佳，你要的油脂。”月递给阿佳一个陶罐。

“快安排，我可以做什么！”秋迫不及待地说。

“秋，你能不能把这鸡皮去掉？”阿佳问。

“好嘞。”秋拿起鸡腿，开始去找刀。

“阿佳，你看看这青豆够用吗，是不是都要剥出来啊？”月一边剥豆，一边问阿佳。

“有这么多足够啦，不用再剥了，你过来帮我把这个米饭打散一下。”阿佳看了一眼说道，“还需要几个鸡蛋。秋，先从你旁边的柜子拿三个鸡蛋过来。快！”

“好嘞！”秋像一阵旋风似的，先拿了两个鸡蛋过来往案上一放，只听得“啪啪”两声响，秋放的时候太用力，鸡蛋壳破了，蛋清从蛋壳里流了出来。

“啊！”秋一看，傻眼了，愣在那里不知该怎么办。还是月眼疾手快，即刻把鸡蛋抓起来放进一个空碗里，又小心地将碎掉的蛋壳挑出来，这才嗔怪地看了弟弟一眼，说：“你呀，真是太鲁莽啦！”

秋俏皮地吐了吐舌头，又抓了一下头发，不好意思地说：“我忘了，鸡蛋壳不是石头。”

“秋，鸡皮剥掉了吗？”阿佳问道。

“阿佳，我一个人不好弄，你来帮帮忙吧。”秋急得满头大汗，还没有把鸡皮撕下来，只好找阿佳帮忙。

“来，我抓住这边的骨头，你拉住鸡皮，我们一起朝相反的方向用力。”

“一、二、三用力！”

“成了！”

“哎哟！”

阿佳和秋一起配合，终于把鸡皮揭了下来。可秋因为用力太猛，止不住后退的劲儿，一下撞到案台上，一手将案台上装的不知什么酱打翻了。

正在捏散米饭的月转头一看，只见阿佳站在那里，手里拿着一个光溜溜的鸡腿，秋在她对面，脸上沾着黏稠的酱液，手里是一张皱皱巴巴的鸡皮。

“哈哈！秋，你成大花脸啦！”月指着秋忍不住哈哈大笑起来。阿佳一看，也忍不住哈哈大笑起来。

秋把鸡皮扔到一边，在脸上胡乱抹了两把，叉起腰，故意学着父亲说话的样子说：“你们两个，还不赶快干活！”

“是！大人！”阿佳和月配合地赶紧应声。

想着秋平时极爱干净，从来容不得身上有半点脏物，现在却全身心忙着做事，阿佳心里不由对秋生了一丝敬意，也下意识地加快了手上的动作。她把鸡腿洗好交给月，让她切成小丁。

月很快将鸡丁切好端给阿佳。月做事总给人一种稳重的感觉，她看起来不紧不慢，却能把事情快速、干净利落地做好，与阿佳的配合也是恰到好处。

阿佳将加入调料的鸡丁、青豆等放进锅里翻炒入味。炒好后，先放在一边备用。

接着，炒鸡蛋，下米饭，加配料。

慢慢地，一股混合着蛋香、饭香、肉香的味道飘了出来。

秋率先尝了一口，结果太烫，他来不及细品便赶紧咽了下去。

待吃到第二口，才终于露出了满足的笑容，还得意地说：“不枉我今天涂的这个大花脸啊。”

护 腰

这天早晨，秋破例没有一早叫阿佳起来练习射箭。

等阿佳睡醒起床后，两姐弟才来找阿佳，原来是他们的父亲腰伤犯了。赵叔早年从军时在战争中受过伤，昨天想是不小心伤到了旧疾。两姐弟刚从父亲那里问候回来。

“哎，看见父亲痛苦的样子，我现在也有了不想练习射箭的想法。”秋有些闷闷地说。

“战争总是会有人受伤，可是正义的战争是为了让更少的人受伤啊。”月心情也不太好，但作为姐姐，还是不忘开导弟弟。

“那有没有什么办法可以减轻大人的痛苦呢？”阿佳轻声嘀咕道。她开始在脑海里翻检着各种信息。功夫不负苦心人，终于让她找到了一种方法，那就是给赵叔做个护腰。

“我们一起给你们的父亲做个护腰，好不好？”阿佳向两姐弟提议道。

“护腰？”秋和月对视了一下，同时疑惑地发问。

“是这样的，你们的父亲腰上有旧伤，保暖可以减轻伤痛。我们找一条布带，将盐炒热，装在布袋里，绑在大人的腰上，盐敷包有温经散寒、活血通络的功用，就可以减轻大人的痛苦。”

“嗯，这个方法可以一试。”月点了点头。

“先不要告诉父亲大人，等我们做好了，再给他一个惊喜。”秋做事情还真是粗中有细。

“对，给父亲一个惊喜，秋弟说得好。”月忍不住夸赞道。

“那我去厨房要炒制的盐。”听到姐姐的表扬，秋有些不好意思地跑了。

阿佳和月找来了几块布，以及针线等缝制用的工具，开始忙活起来。她们把布按照所需的尺寸裁开，再用针线缝起来。

正当阿佳和月在忙着缝制腰带的时候，秋气呼呼地回来了。

“厨房的人不给我盐！”

“为什么呀？”阿佳问。

“你跟他们说了吗，是给父亲做护腰用的。”月补充道。

“说了说了，可厨房的人说盐很金贵，只够吃的，没有多余的拿来做这个护腰。而且他们还说，炒热的盐很快就凉了，也没有什么作用，治病是医生的事，小孩子什么都不懂，就把我轰出来了。”

阿佳和月无奈地对视了一下，看来这个方法行不通，只得又坐下来商量别的办法。

阿佳想起现代社会曾经用过的热水袋，一下又有了主意：“要不然我们不装盐，装热水吧，热水热敷也可以减轻大人的痛苦。”

“热水，热水倒是好找。可是热水用什么装呀？”

“你们父亲装酒的酒袋，看见过吗，那个应该可以吧。”

“酒袋我知道在哪里，我去拿。”秋像旋风一般，话音还没落人就不见了人影。

阿佳和月相视一笑，这个弟弟的急性子可是领教多次了。

没过多久，秋还真捧着父亲的酒袋子回来了。

阿佳看了一下，这是一个用兽皮做的袋子，口子处用塞子塞着，应该可以用。不过之前的尺寸是按装盐设计的，现在改成装酒袋，尺寸变了，阿佳和月得重新量尺寸。

尺寸量好了，阿佳把酒袋递给秋：“秋，还得再跑一趟厨房，让他们烧点水灌进去。”

“行，这水不金贵。我想他们不会不给的。他们要是不给，我就自己动手烧。”秋一副志在必得的样子，说完身影又消失了。

量好尺寸，裁剪成块，阿佳和月开始了缝制工作。

月的母亲特别擅长针线活，但不知道是不是赵叔不愿睹物思人，家里的针线平时都被收了起来，月很少拿针线。缝制腰带的任务就落在了阿佳的身上。

好在阿佳和阿乔在一起生活时，阿乔教过她一些基本的针法，但由于做得少，阿佳的手艺还不是很熟练，缝出来的针脚歪歪扭扭的。

“呀，这怎么像狗啃过的，这样子做出来好像太难看了吧？”阿佳把腰带拿在手里，左看右看，总觉得不顺眼。

“主要是我们做得太少了，不过也没有关系，只要可以用就好，父亲不会计较这些的。”月说话总是很善解人意。

“对了，试试这样如何。”月从阿佳手里把腰带拿过来，把里子翻到里面去。这样，没剪平的刀口，粗糙的针脚就都被藏起来了。

“月，你真聪明！”阿佳高兴地赞道。

随着粗壮的呼吸声，秋捧着一袋子热水进来了。

看见装满热水的酒袋，阿佳傻眼了。刚才量的是空袋子，现在袋子装满水，是圆的，尺寸变大了，三人努力了半天，还是装不进去。

不行，这腰带还得改，三人又坐下来商讨办法。他们发现，水装满是不行的，只装半袋水就可以了；并且，腰带的尺寸还要再宽一点，除去针脚的位置还有余地才能装得进酒袋。三人把可能想到的问题都反复过了几遍，这才开始重新算尺寸，重新裁剪，重新缝制。好在布有多余的，不怕他们浪费，否则，这计划就没法继续啦。

总结了前面的经验，这一次他们做起来就顺利多了。裁布和缝针之前先划个印子，裁出来的布和缝的针脚就会整齐一些。阿佳这次针法也比之前更加细密整齐，阿佳还用了双股线和回针的方法进行了加固，还在腰带的两边分别缝了一根带子。

腰带终于缝好了，热水袋也顺利装进去了。两边的带子一系，腰带就可以固定在腰上了。秋试着绑了一下，感觉还行，只觉得腰上暖乎乎的，挺舒服。

赵叔趴在床上，腰上的伤痛让他更加思念起妻子来。恍惚中，妻子的身影似乎来到他的床前，将一条带子绑在了自己的腰上，顿时，一股暖暖的感觉在腰间蔓延开来，更在心底蔓延开来。赵叔睁开眼睛，迎上了秋和月饱含关切的眼神。妻子走了，却留下了两个孩子，延续着她对自己的关爱。赵叔忍不住眼睛湿润了。

鏖　战

坐上小青驾驭的马车，阿佳又踏上了去京都的旅途，和秋、月相处的经历一幕幕在阿佳的眼前回放，这份友情已深深印在她的心上。

阿佳回到京都，才知道吉甫又有新的任务，周幽王要他去辅佐伯士西征。想到吉甫年事已高，阿佳坚决要求一同前往。

吉甫一行到达战场时，周朝的军队正陷入被动。原来，这场战争的对象是西戎，他们看周王室衰微，趁机来犯。但由于戎人对此地的地形地势非常熟悉，打法灵活多变，周朝的战车被他们牵着鼻子团团转，很是被动。

翌日，吉甫领着阿佳来到一处高坡，此处居高临下，正好可以观看戎人和周军的交战情况。

但见前面关隘处城门大开，周军黑衣肃然，军容整齐，列阵而出。对面的戎人却三五成群，散布山野，并不见整肃之态。

但听得周军一番鼓起，周人兵车驰出，只见车上的士兵身着铠甲，有驾车的，有执箭的，有拿盾的，轰隆隆一片碾压过来，似听得大地都在颤抖。在车阵之后，又有更多的周人步卒跟随冲锋。而戎人却三五成群，漫山遍野地散落着。

但见两边开始互射，周人那边整排的箭雨穿空而出，杀伤力甚是强大，只是戎人距离分散，虽然偶有落马者，但多半却也借着快马逃了开去。不过，戎人所射之箭，也大多被战车上持盾士兵抵挡住。

一轮互射之后，两边距离拉大，此时两边的人马均已经在射程之外了，周军兵车又继续往前驱动，就在这时，变故陡生。

只听得戎军中鼓声顿起，戎人骑兵忽然发起了急攻。只见战场上箭如雨下，同时戎人骑兵手挥大刀向周军急速冲刺过来。戎人骑兵冲向周人兵车之间的空隙处，刀锋横扫而过。部分御敌士兵身受重伤，失去了战斗力，当然也有少数持盾士兵挡回了戎人的攻击。然而这一排骑兵头也不回地越过兵车，后一排骑兵继续冲上又是一波砍杀。几轮过后，周人兵车上的士兵伤亡殆尽，戎人骑兵对剩下的步兵又进行了一轮砍杀。周国大旗倒下，剩下的残兵慌忙退回城中。

看到这处情况，深谙兵法的吉甫当即表示，要调整战术，把战车上的甲士全部编入步兵队伍，弃车步行。先用少量士兵把戎人引出，再在外围以步兵方阵反制戎人。

然而，主帅伯士刚愎自用，拒不听从吉甫的建议。西周的士兵在战场上牺牲的人数越来越多，只能节节后退。在撤退中，伯士被一名戎人刺中，摔死在地上。战场上躺满牺牲的士兵，这场战争，周国已经大势已去。

灵　符

夜幕降临了，天地的界限慢慢模糊，万物笼罩在夜色中，兵士们只觉庄重肃穆。他们看见尹吉甫军帐中灯火明亮。

尹吉甫把阿佳叫到跟前，他们一起打开了阿乔采集的诗篇。看着一首首字迹清秀的诗篇，想到阿乔的音容笑貌，两人神色都有些黯然。

还是尹吉甫更通达一些，他轻轻拍了拍阿佳，说："阿乔虽然走了，但她采集的这些诗篇是不朽的，她的功绩也是不朽的。"

接着，尹吉甫跟阿佳一起，细细品读起这些诗篇来，末了，尹吉甫还笑着问阿佳："佳儿，你猜猜看，这些诗篇里面，哪一篇最得爷爷喜欢？"

阿佳的眼光快速从这些诗篇上掠过，最后，她指着写上巳节的那首诗说："爷爷，这是不是你最喜欢的诗啊？”

尹吉甫看了看阿佳手指的诗篇，长长地叹了口气，然后说道：“这首诗描绘的景象，确实是爷爷向往的生活。想当年，文王丹书受命，上天赐给他一道神奇的符咒思无邪，他便拥有了无上的智慧和力量，由此开创了我大周的礼乐盛世。可是，如今丹书还供在朝堂，大周的气数却已经走向尽头，思无邪符咒也失去了灵性。佳儿啊，如今，爷爷想过的，是这样的生活。”说着，他把手指指向了另一首诗——《考槃》。

思无邪灵符灵性已失！爷爷想做隐士！他一定是对周幽王失望透顶才会生出这样的想法！想到这里，阿佳不由心中大痛，突然，一个大胆的想法从阿佳脑海里冒了出来。她一把抱住尹吉甫道：“爷爷，如果这个世界上有一个地方，没有无道的昏君，也没有无休止的战争，人们每一天都开开心心地生活，而且，还有很多跟你一样喜欢诗歌，喜欢乐舞的人，你们在一起喝酒、谈诗、唱歌、起舞，你说这样的生活好吗？”

尹吉甫只当阿佳刚才的话是为了宽自己的心才说的，并未放在心上，他向阿佳诉说了自己以死报国的信念。

之前对思无邪灵符无比信奉，但现在，尹吉甫也对灵符产生了怀疑，他自语道："没有什么灵符，如果真要说灵符，那应该是爱，是仁，是德，是对天地间自然万物和人民大众的无上敬畏，唯有这些，才是让国家长久生存的不二灵符。"

最后，尹吉甫吩咐阿佳回去休息，但他军帐中的灯火却一夜未熄。

第二天一早，尹吉甫整肃衣冠，身穿铠甲，将剩余的人马整装列队，决定与戎人生死相搏。

就在这时，戎人的营帐里突然响起了震天的爆炸声。只见火光冲天，哭喊声震天，戎人被吓坏了。有人说他们想反周天子，这是老天在惩罚他们。他们纷纷收拾起武器，四散逃窜了。

看到这样奇怪的变故，尹吉甫愣住了。

"爷爷。"

听到阿佳的声音，尹吉甫转过身来，只见阿佳和六个形态各异的异邦人站在那里。

原来，阿佳看到战事危急，赶紧给高文发去信息。高文立即组织了一批可定时的轻型遥控手雷赶到战场，大家一起，连夜布置到戎人营地周围，今天早上，时机一到，高文用遥控器立即给他们来了个遍地开花。

战争结束了。

回 归

面对无道的周幽王，尹吉甫已无可留恋，他和阿佳、高文一起，坐上“云燕号”飞船，回到了空间站。

万幸的是，这一次，飞船一路平安，没有发生阿佳梦中出现的故障。

高文唤醒了小钰，让她和阿佳一起到学校上学。回到学校的阿佳，不再像原来那样孤单内向，而是成了老师的好助手，同学们的好朋友。在家里，她甚至会主动给爸爸妈妈打电话，或讲一些笑话逗爷爷奶奶开心。大家都惊喜地发现，阿佳变了。

尹吉甫则爱上了书法。现代社会的笔、墨、纸、砚令他眼界大开。特别是他有幸得到了一块产在中国西南地区攀枝花的苴却砚，石质细腻如脂，石色润泽鲜艳，自然生成的花纹堪称鬼斧神工。他爱不释手，走到哪里都带着。他的金文、篆书风靡一时，广受欢迎。他也加入了人类保护联盟，到处举办艺术展览，宣扬环境保护，鼓励人们奉献爱心，成了一名世界级的地道网红。

在人类保护联盟和更多人的努力下，人们越来越清楚地认识到环境保护的重要性，也认识到人类只有依靠爱才能长久生存繁衍下去。地球上的生态环境在慢慢恢复，人类爱的意识逐渐被唤醒，一切都在向好的方向发展。

一天下午放学后，阿佳拉着小钰来到她当初流连的小河边，随着一道白光闪过，一架奇异的飞行器像一只云燕落在她们面前。

这一次，她们又会经历什么样的奇遇呢？

（全书完）